KB035513

사슴목발 애인

산지니시인선 007

사슴목발 애인

최정란 시집

산지니

애송이와 애인은 이음동의어, 거울이다
미성숙하고 불완전한 시간만큼
성숙하고 완전한 시간이 있을까
어쩌다 이 별에 불시착한 애송이만큼
대책 없이 사랑스러운 애인이 있을까
비틀비틀 몸과 가슴이 찢어지고
죽을 만큼 아파서 영원히 살아난
애송이애인은 이렇게 시작될 것이다

| 차례 |

제3부

제4부

제 1 부

사슴목발

사슴가죽 신발을 신은 목발이
찢어진 허공을 짚고 가네
피흘리는 허공을 딛고 가네
구름에 사슴 발자국이 찍히네
무더기 무더기 핏자국이 꽃피네
꽃무늬구름사슴아 구름무늬꽃사슴아
불러도 대답 없는 꽃들아
절름거리는 나무의 뿔들아
이 발로 이 뿔로 너에게 가네
절며 끌며 너에게 가네
발꿈치가 땅에 닿지 않는 봄
또각또각 추를 흔들며 울고 가는
엇박자의 시간 속으로
뼈가 부러진 꽃들이 떨어지네
깁스 속에 가둔 순결한 발이
진흙도 모래도 아스팔트도
때 묻은 땅이라고는 모르는 것처럼
최초의 구름 위를 걸어가네

신분증

나를 고르는 문제에서 나는 탈락한다
나보다 더 나 같은 염소의 꽃잎
나보다 더 나 같은 구름의 뿔
나보다 더 나 같은 장미의 꼬리 틈에서
나는 어떻게 나를 증명할 수 있을까

발굽의 춤으로, 허리의 노래로
바람 마이크를 잡은 손으로
나를 묶은 고삐로
나는 나를 어떻게 증명할 수 있을까

흰 젖이 흐르는 얼굴이,
피 묻은 꽃모가지를 댕강댕강 자르는 손목이
무릎에 뚫린 검은 구멍이
내가 아닐 수도 있다는 말,
산비탈 검은 염소의 입 앞에 피어난
흰 망초꽃 한 송이로는 도무지
나를 증명할 길이 없다

어떻게 나를 증명할 수 있을까

빈 깡통을 걷어차듯 허공을 걷어차는
발목은 내가 아니라는 것도 모른 채
어느 골목을 활보하며
도대체 누구를 증명하고 있는 것일까

일진일기

아무도 돌봐주는 사람 없어
나도 나를 돌보지 않아

누가 누구를 돌본다는 것
누가 누구를 돌 보듯 한다는 것
꽃 보듯 새 보듯
물 보듯

함부로 걷어찬 돌에서 울고 있는
돌 속의 숨은 무늬들
돌 속에 쌓인 울음들

아무도 가르쳐주지 않아
돌 보듯
돌 속을 들여다볼 때
돌이 나를 보고 있을지도 몰라

면도칼이 단물 빠진 껌을 돌보고

안돼, 참아, 참을 수 있어
씹던 껌이 면도칼을 돌보고

돌을 보는 동안
깻잎머리 흩으며 지나가는 바람
돌이 어쩌지 못하지만
문득
돌본다는 건
돌아본다는 것일까

걸어온 길, 달려온 길 돌아보고
나를 돌아보고
아직 갈 길이 먼데
아무도 돌봐주는 사람 없이

내가 나를 돌보고
내가 너를 돌보고
돌을 돌이 돌보고

소녀시대

얼굴을 가린 사람들이 울며 달아난다
특별한 힘이 생기고 있어
다가오는 사람들을 밀어내는 힘이야

사람들이 모두 떠난 후 혼자 있어
이따금 외롭지 않느냐고,
괜찮은 내가 얄미울 정도로 괜찮아

아무에게도 엄살떨지 않고
아무에게도 아첨하지 않고
아무에게도 하소연하지 않고

고마워 걱정하지 마
나는 정말 나답지 않게 잘 살고 있어
노래방에서 개똥벌레나 불러제끼면서

달의 눈

부끄러워 내 토끼는 꼬질꼬질 때묻고 야위고 목욕 시키자,
전학 온 그가 노래하듯 말하지 소프라노 음정이 경쾌해
토끼를? 목욕을 다 시켜? 물음표 꼬리를 달고 납작 엎드
린 내 목소리가 마루밑으로 기어들어가고 도시에서는 다
그렇게 해 그의 목소리는 또랑또랑 지붕 위로 올라가고
반신반의 망설이는 내가 촌스러워 세수대야에 물을 받고,
세수비누를 준비하고 털이 몸에 찰싹 달라붙은 빨간 토끼
는 주먹만 하고 물 젖은 토끼가 손바닥 안에서 바들바들
떨고 나는 비누거품으로 털과 귀와 몸을 정성스레 닦는
다 부서질 듯 가느다란 뼈가 만져지고 그날 저녁, 토끼를
달의 뒷면 분화구에 묻는다 나는 무럭무럭 나를 의심하는
아이로 자라고

가젤학교

다 쓸, 데 없는 짓이야
표범선생이 빛의 속도로 날쌔게 달려와
귓바퀴를 물어뜯고 언제 그랬느냐는 듯
시치미를 뚝 뗀다면 나도
소곤거리던 귓속말을 내려놓고
숲의 말에 귀 기울일 텐데
귓속말로 소곤거리면 비밀 같아지거든
무언가 근사하게 들리거든, 정글에서는

함께여도 외롭다고 왜 아무도
가르쳐 주지 않을까

손가락이 길어야 담배를 배우지
얼마나 더 배워야 할 것이 남았는지 모르지만
무엇이든 피상적인 것은 즐거워
키득거리며 교문을 나서자마자
심각한 표정을 먼저 배우게 되지
가슴이 불거지는 쫄쫄이셔츠로 갈아입고

치마를 허벅지 중간까지 접어 올리지

혼자여도 괜찮다고 왜 아무도
가르쳐 주지 않을까

촌스럽게 치마가 그게 뭐야
쌀쌀한 네 엄마는 아무 말 안 하니
헐렁하고 긴 교복치마를 입고
딸이 대문 밖으로 사바나로 나가는데도
아무렇지도 않다니
참, 엄마들이란
긴 치마를 입고 달리면
빠르게 도망칠 수 없다는 것 정말 모를까

쓸, 데 없는 말은 참 쓸쓸해
사다리도 없이 소녀들이 하늘로 올라가고
허리를 두 번 접어 올려도 치마는
여전히 길어, 손가락은 언제 자라나

함께여서 외롭다고 왜 아무도
가르쳐 주지 않을까

셀프 주유소

스스로 식반에 밥을 퍼담으며 나는
외롭지 않아 무럭무럭 자란다
물은 셀프, 단추를 누르면
아름다운 음악이 흘러넘치는 오아시스
스테인리스 컵으로 물을 받으며
앗, 뜨거운 리듬을 조심해
불타는 발목으로 춤을 춘다
랩에 맞춰 몸을 흔드는 사지선다
객관식 문제를 풀어야 해
세상의 지붕을 떠받치는 네 기둥 가운데
하나는 정답이라고 생각하지만
내일도 모레도 문제뿐일 거야
아가씨, 누구도 대신 아파주지 않아
모두의 타인이 되는 그 날이 와서
화면의 지시에 따라 카드를 긋고
옆구리에 주유기를 들이미네
스스로 시동이 걸리는 사이보그
애인은 도대체 언제 다 자랄까

치약

몸통 중간을 힘주어 꾹, 누를 때
혹시, 키스라도, 킥킥
엉큼한 기대만 짜내는 것은 아니야
뚜껑을 열자마자 입술을 밀어내며
튜브의 성대를 빠져나오는 팽팽한 휘파람,

꽁지부터 눌러야지
손이 없는 목소리가 납작하게 짜부러지고
나사산을 맞춰 가볍게 닫아줘야지
뚜껑이 열린 생각들
반도 쓰기 전에 굳어버린다

딱딱한 이빨병정들 거품을 물고 성문 밖으로
일제히 개똥철학을 내뱉기 전에
서둘러 뚜껑을 찾아 타일바닥을 더듬는다

아껴 쓴다고 시간의 튜브가
탱탱한 채 남아 있는 것은 아니야

아가씨, 탱탱한데 우리 커피나 한잔,

오토바이를 탄

검은 라이더 재킷의 전동칫솔이 소리친다

달려, 달려, 쌩쌩,

울긋불긋 한 떼의 칫솔군단이 달려온다

세상 끝 기차역

언제 기차가 도착했을까
캥거루처럼 껑충껑충
기차에서 뛰어내린 교복차림 까까머리 소년이
건네준 흰 봉투
봉투를 열어보기도 전에 얼떨결에
찢은 손이 먼저일까
벼락처럼
뺨을 후려치고 지나간 손이 먼저일까

수십 명 소년들 육아낭 차창에 붙어 앉아
숨죽여 바라보는 눈앞에서
애송이 캥거루는 용기를 시험하고
또 다른 세일러칼라 교복치마 애송이가
울지도 않고 독하게 서 있었지

어디로 떠나기 위해 플랫폼에 서 있었다는 것은
까맣게 잊은 지 오래
정말 어디론가 멀리 가려고

이번 기차로 떠나고야 말겠다던 발걸음은
해가 지도록
플랫폼에 달라붙어 있었지

운명의 손바닥은 왜 그 순간 스쳐간 것일까
다만 떠나려고 서 있었을 뿐인데
돌아오지 않으려고 한 것 뿐인데
떠나는 게 뭔지도 모르면서
떠나겠다고 나선 애송이
아무데로도 가지 못하게 내려친 손바닥

무슨 일이 일어난 것인지 모른 채
얼떨결에 떠나는 기차의 뒤꽁무니를 바라보던
그날 이후, 플랫폼에 서면
왼쪽 뺨이 화득화득
달아오르지

어떤 애송이 대륙의 네비에도 없는 곳

어느 꼬리가 튼튼한 등산가도 되돌아갈 수 없는 산맥
어느 힘센 주먹도 말릴 수 없는 분지

평행하고 교차하고 멈추고 다시 출발하면서
모두 떠나온 것일까
그렇게 면전에서 찢을 필요까지는 없었잖아
어떤 부끄러움은 평생을 따라다니고

멀리 도망가고 싶었으나
한 발짝도 움직일 수 없었던
그 꽃 만발한 오후는 어떻게 해가 저물었을까
굳기 전에 내려친
영혼의 왼쪽 뺨
무모한 손바닥, 지워지지 않는 화석이 된

베르테르의 애인은 껌을 씹는다

씹고 또 씹히는 것이 껌만은 아니지
빵을 씹고 말을 씹고
카톡을 씹고 사람을 씹고
그래도 씹기에 껌만 한 것이 없어

아래턱에 힘을 주고 아래윗니를 꽉 물고
껌 껍질을 깐다
욕이 튀어나오기 전에 재빨리, 쏙
껌을 입안에 집어넣고

입안에 말을 가두는 껌
부화가 좌절된 욕과 섞인 껌
이렇게 달콤하다니
이런 속임수 같은 조합이 있다니
길바닥에 눌러붙은
검은 얼룩을 딛으며 애인에게 가는 길

단물이 빠지고 난 후에 비로소 모든

본게임이 시작되지
단맛 이후를 모르는 애송이는
그래서 또 얼마나 철없이 어여쁜지

질겅거리며 무심한 듯 씹어 넘겨야 하는
순간이 얼마나 많은지
알고 나면 더 이상
달콤한 채 남아 있을 수 없으니

더 빠르게 더 자주
턱이 얼얼하도록 귀가 멍멍하도록
빨리 단물이 다 빠지도록

열심히 씹어 말랑말랑하지만
씹기를 그만 두는 순간 딱딱해지는
베레모를 벗은 베르테르, 너를
나는 모른다
껌을 뱉어내야 할 시간이 다가오고

리듬에 맞춰
지금은 다만 껌을 씹어야 할 때

벌레 먹은 사과

한 쪽이 썩고 벌레 먹은 사과 한 자루
야간 자율학습 시간에 나눠 먹는다

사과는 썩고 사과는 벌레 먹고
그래도 썩고 벌레 먹은 부분을 도려내면
사과는 새콤달콤하고

살면서 사람들은 내게 함부로 대하고
사과하지 않으므로
이따금 슬프지만
학교 앞 과수원 그 사과들 생각하면
그럭저럭 견딜 만해

사후에 받는 사과가 있다면
사전에 미리 받는 사과도 있을 거야
이번 생은 미리 먹은
벌레 먹은 사과들로 퉁치는 거라고

썩고 벌레 먹은 부분을 제외하면
그럭저럭 먹을 만한 사과
몇 입의 새콤달콤한 맛이 삶이라고 믿으며

자율학습이라는 이름의 타율도
정들어 그리운 야자타임일 때가 있으니
이따금 사과 속 다정한 벌레처럼
달콤한 날도 있으니

맨드라미

벗어나겠다고 발버둥치는 대신
전전긍긍 들키지 않으려고
무심한 척 관대한 척, 혼자 끙끙 앓는다

재촉하지 않는 동안
사람이 떠나고 마음이 떼어먹히고
순서가 뒤로 밀린다

머리끝까지 붉어져서
밀리고 밀려서 더 미룰 수 없을 때까지
기다릴 수 있을 때까지 기다려 본다

마음을 구걸하지 않겠다는
허튼 서원을 한 탓이다
줄지어 서서 기다리는 것 말고는
더 붉은 다른 태양이 없는 시간

간청하고 투정했지만

아무도 귀담아 듣지 않는 운명을
이번 생에는 어찌 한 번, 끝까지
끝의 끝까지 견뎌 보리라

로스트볼 소년

공을 향해 달려가요
울타리를 넘어온 공들이 코앞을 스쳐 지나가요
저 공을 잡아야 해요

어떤 잃어버린 시간들은 씻기만 해도
둥글게 새 것처럼 반짝여요

공휴일의 골프장 앞
손수레에 담긴 로스트볼이 반짝여요

로스트볼을 파는 향기로운 소년들은
언제 다 자랄까요
모두 어디로 갈까요

헤저드에 발을 담그고 물속을 들여다봐요
물 반 공 반, 보물창고
진흙밭을 미끌대며 빠져나가고 잔물결에 굴러가다가
아이리스 뿌리에 갇혀요

흰꽃을 피워요

공을 주워 자전거를 사고 싶어
자전거를 타고 씽씽 달리고 싶어
로스트볼을 팔아 산 자전거를 버리고
잃어버린 공을 파는 대신 언제부터
잃어버린 시간을 팔게 될까요

제 시간을 모두 잃어버리는 줄도 모르고
팔 것이라고는 제 시간뿐인 소년이
가방에 주섬주섬 담아서 떠난
시간은 모두 어디로 날아갈까요

아무데로도 흘러가지 않을 것처럼
아무데로도 날아가 버리지 않을 것처럼
시간이 흘러가 버릴까요

그렇게 잃어버릴 줄 모르는 걸까요

인생을 팔아 회원권을 살 필요까지는 없는데
부킹하는 동안
나이스샷 외치는 동안
어떤 시간도 둥글지 않은데

버디, 싱글, 홀인원을 향해
아무리 드라이버를 멀리 날려도
시간을 잘 치는 일은 없을 텐데

이글과 알바트로스가 날아가 버린
왕대나무 울타리 너머 하얀 새알이 날아가요
로스트볼을 향해
소년들이 탱자나무 울타리 사이로 달려가요

밤의 스키장

숲의 자작나무들 희디 흰 노래로 출렁거리고
숨은 난쟁이 요정들 발맞춰 행진해서 나오네
하나 둘 하나 둘 하나 둘 하나, 눈 위를 미끄러져
내려가는 호박마차, 이곳은 위험한 꿈의 제국,
말의 방향을 자주 바꾸어주지 않으면 과속하게 되지
딱딱한 말의 관절, 삐걱거리는 노래의 푸른 뼈
숲속 마녀의 오두막에서 몰래 빠져나온 나는
재투성이 신데렐라, 추위도 어둠도 겨울도 산도
두려워, 놀이를 알게 되면 관점이 달라질까
현실과 환상의 균형을 조절해서 잘 맞추면
힘을 넘어 용기를 넘어 기울기가 놀이가 될까
누구에게도 기댈 수 없는 스스로의 기울기,
미끄러운 말의 척추가 운명의 기울기가 되는 밤,
푸른 고요 위에 재투성이 누더기 드레스자락
열두 시 종이 친다고 해서 겁먹지 않아
밤새 미끄러져 내리는 밤, 독이 든 사과 하나 없는
설익은 빈손, 청춘의 기울기를 지치도록 확인하는
밤, 기울어서 위험한 밤, 기울어서 찬란한 밤

돌그네

돌아가네 하늘이 돌아가네 땅이 돌아가네
꽃들이 돌아가네 잎들이 돌아가네
배고픈 돌고래들이 돌고래쇼를 펼치는 동안
얼굴들이 돌아가네
꽃무늬 포플린치마가 돌아가네

그네는 무서워 공중은 무서워
몸의 중심을 공중에 맡기는 것은 무서워

쇠사슬 끝 손잡이 고리를 잡고 달려가네
이윽고 몸이 하늘로 날아오르고
날개가 되지 못하는 몸의 끝

빙글빙글빙글 기둥을 중심으로 돌아가는
노랑은 왜 이렇게 어지러울까
쇠사슬을 움켜잡은 손을 놓치네

몸의 원심력은 언제부터 이렇게

멀리 가려고 한 것일까
돌그네의 구심력을 놓치고 소년에서
멀어지네

한 때 젖먹던 힘을 다해 움켜잡은 것들은
내가 일찌감치 나가떨어지고 난 후에도
삐거덕거리며 돌아가고
삐그덕삐그덕 잘도 돌아가고
이렇게 멀리 나가떨어질 줄 몰랐어

빙글빙글 돌다가
손을 놓아 버리는 순간, 날아가는 기쁨
느낄 겨를 없이
바닥에 힘껏 패대기쳐지는 기쁨을 먼저 알게 되네
이렇게 멀리 나가떨어질 줄 몰랐어

무릎이 깨지고 팔꿈치가 벗겨지고
너무 멀리 날아가면 안 돼

보드라운 뼈는 빨리 아물지만
새가 되어 날아오르지 못하네

심심할 때면, 책상에 얼굴을 붙이고 생각하네
차렷자세로 기다리는
손잡이가 달린 쇠사슬을 생각하네
수업시간 내내 머릿 속은 온통
제가끔 제가 아는 방향으로 날아가고 싶은 새들의 활주로

머리 위로 분필도막이 날아오지만
돌그네 돌아가네 빙글빙글 돌아가네
지구가 어지럽네 봄볕이 어지럽네
지구는 정말 도는구나

세상의 모든 어지럼증이 시작하네
빙글빙글 돌아가네
돌그네 돌아가네
십분 쉬는 시간이 우주의 축을 중심으로 돌아가네

손을 놓는 것만으로
이렇게 멀리 날아가 패대기쳐질 줄 몰랐어
돌고래 돌고래 돌고래
잃어버린 바다를 향해 돌아가네

달의 꿈은 알파걸

그릇의 크기를 모른다는 것은 얼마나 큰 기쁨일까

내일이면 더 많은 것을 담을 수 있단다
아버지의 흰머리가 늘어가는 동안
엄마는 초콜렛상자를 건네주듯
모자상자를 건네주었어
텅 빈 둥근 상자는 모서리가 없어
깨지기 쉬운 희망을 담기에 충분히 커다랬어

크게 더 크게, 그릇이 작으면 흘러넘칠 거야
전문가가 되어야 해, 엄마가 말했어

나는 초콜렛처럼 달콤한 연애 전문가가 되고 싶었어
통 넓은 판탈롱 바지를 입고
나쁜 남자의 팔짱을 끼고
서면과 해운대를 쏠고 다니고 싶었어

찢어진 청바지를 입고

혼자 슬픈 영화를 보았어, 라고 말하는 대신
뉴욕과 파리의 뒷골목을 헤맸어, 라고 말하고 싶지만
숨어 울기에 영화관이 좋았어

달의 중절모를 꺼내놓은 자리
내 둥근 상자 안에 가득한 잡동사니들로
달의 파편을 맞추는 퍼즐 놀이
남의 희망은 아무리 훔쳐도 내 것이 되지 않아

슬픈 그릇은 나를 길 잃게 하지
마침내 나는 길 잃는 전문가가 되기로 했어

측백나무역

추위를 피해 들여놓은 화분에 담배꽁초
수북하다 마중 나온 사람은 기다림에 지쳐
돌아갔는지 비어 있는 대합실, 역무원이
연필로 재 너머 김천역에서 갈아타게 될
특급열차의 환승시간표를 꼭꼭 눌러
써준다 어머니가 해주는 새벽밥을 먹고
도시로 떠난 후, 토요일이면 역에 나와
기다리던 바쁜 경북선 아버지, 어느새
바쁠 것 없는 구름의 전설이 되고 잠깐
들렀다가 다시 떠나기를 반복하는 동안
배웅과 마중에 익숙해졌으나 마침내
아무도 마중 나올 사람이 없게 되었다
철길 사이로 천 년 전 바람 서늘한 플랫폼,
초록 눈망울 빛내는 별들 내려앉은
측백나무의 배웅을 받으며, 다시는 울며
되돌아볼 일 없는 긴 이별을 확인한다

꽃가루 알러지

꽃 핀 벚나무를 지나가네 천상의 음악이 들려오네 누구의 연주일까 꽃 하나에 벌 하나, 꽃 둘에 벌 둘, 이루 셀 수 없이 많은 벌들 꽃을 떠메고 가네 나무를 떠메고 가네 봄을 떠메고 가네 꿀을 구하러 가네 벌의 날개짓에서 흘러나오는 음악의 끈, 발을 칭칭 감네 꽃에 발이 묶이는 황홀, 몹쓸 꽃이여 멀리 스쳐만 지나가도 나는 마음이 있는 대로 붉어져, 충혈된 눈으로 눈물콧물 쑥 빼며 울어야 하네 한숨 길게 자고 나면 다 지나갈 봄, 짧은 봄, 꽃 보기를 돌 보듯 해야 하는 나는 유죄, 무차별적으로 꽃가루를 투척하며 구애하는 꽃은 무죄

화양연화

보이스피싱 당해버릴 거야 보내줘 첫눈을
택배로 보내주지 않으면
보내주지 않으면

북쪽 도시로 메시지를 날린다
먹구름이 웃는다 허물어진 성벽이 웃는다
오백년 된 쥐구멍이 웃는다

이건 웃을 일이 아니야 울어도 시원찮아
이 애송이를 어찌해야 하나
오늘 저녁 가족회의라도 해야 하는 것 아닌가

기회를 놓친다 정말 몹쓸 여자가 될 수 있는데,
너무 일찍 다 살아버린 것일까

모든 규격으로부터 이탈할 수 있는 소질이 있어
다만 시간이 너무 일러서
날마다 봄날이고 저마다의 소질을 계발하기에

학교는 너무 심심해
만화가게에 틀어박히거나
철 이른 해수욕장을 싸돌아다니기에는
햇살이 너무 화창해
열한 살, 고작 한 달 학교를 빼먹는 것으로
화려한 일탈이 끝나야 하나

높은 호기심에 이탈되기 쉬우니 주시 요망

가정통신란의 예언대로
규격의 밖에서 살 수 있는데
시대보다 앞서 태어나는 바람에
못이기는 척 착한 쪽으로 기운 삶을 살아내다니
이건 참 어이없는 일

주변이 너무 착한 사람들로 채워져 있어
시대가 너무 순하고 어리숙해
내일은 오늘보다 더 나을 거야

희망에 도취한 사람들, 제각기 저마다의 내일에 바빠
골목으로 나온 애송이를
어찌어찌 해 볼 나쁜 생각을 안 하는 것 같아

운이 나쁘게도 너무 일찍 태어난 것 같아
조금만 늦게 태어났으면
욕을 수치심 없이 입에 달고 살고
질겅질겅 껌을 씹을 텐데
단물 빠진 껌을 길바닥에 퇴 뱉어버린 입으로
질근질근 면도날도 씹어볼 텐데

나는 기꺼이 비뚤어질 준비가 되어 있는데
하늘은 여전히 파랗고
예언자가 죽고 난 뒤에도 예언은 생생하게 살아남지만
아무도 아무도 아무도 모른다

높은 호기심에 이탈되기 쉬우니 주시 요망

가정통신란의 예언대로
정말 몹쓸 여자가 될 수 있는데,

주시 요망, 당부대로 많은 눈이 바라보고 있네
그중 가장 집요한 눈이 뾰족한 내 눈이네

정말 몹쓸 여자가 될 수 있는데
몹쓸 여자가 되기 위해서는
야금야금 갉아먹을 기름진 시간이 필요하네
몹쓸 여자가 되기 위해서는 딱딱한 시선 앞에서도
흔들리지 않는 송곳니가 필요하네

내일 몹쓸 일을 할 수 있을 거야
아무 것도 모르고 적금을 넣고 통장을 만드네
미루고 미루는 동안
더 이상 아무것도 미룰 수 없는 때가 오네 너무나 빨리
몹쓸 짓을 할 수 없는 때가 오네
시간 말고는 사기당할 것이 없는 때가 오네

오, 구백아흔아홉 생일이 되면, 구멍난 영혼을
치파오와 물물교환 하러 갈 거야
누가 몹쓸 여자가 될 수 있는 시간을 나눠 주겠니

도착하는 순간 아무것도 남지 않는 소포를,
아무도 보내지 않은 택배를,
땅에 닿는 순간 밟히고 더럽혀질 첫눈을, 기다리네

누가 가장 몹쓸 시절이 흘러갔다고 하나
가장 아름다운 시절이 아직 오지 않았는데

제 2 부

오리아나 팔라치

엄마가 굵은 면실로 입을 꿰매네
아가 알고 싶은 게 많은 너는,
이불 꿰매는 바늘이 입술을 통과하네
먹고 싶은 것도 많겠구나 사랑하는
아가 궁금증이 많은 내 아가
너무 많은 것을 알고 싶어 하면,
떨리는 손이 바늘땀을 이어 나가네
곱게 사는 것이 힘들어진단다
누군가 대답해 줄 수 있는 질문은
문제 축에도 못 들어간단다
해답 없는 질문이 진짜 문제지
스스로에게 평생을 묻게 되는 질문
가볍게 던져두고 엄마는 일찍,
너무 일찍 생의 매듭을 짓네
입을 꿰맨 나는 물음표를 모으네
아무에게도 묻지 않은 질문들 쌓이고
낡은 실밥들 터진 지 오래인데
입술과 입술은 떨어질 줄 모르네

아, 아프리카 아프리카

이제 더 이상 아프지 않아요
그때 너무 어려서 기억 못하는 것인지도
너무 아픈 기억이어서 서둘러 지워버렸는지도 몰라요

내게는 없대요
태어날 때 가지고 태어난 그것,
날카로운 칼로 도려졌대요

피 흘리는 그 자리를
녹슨 바늘로 꿰맸대요
내게는 없는 것이 무엇을 의미하는지도 몰라요

내가 알기 전에 내게서 도려낸 것이
슬픔이라면 얼마나 좋을까요
그러나
나는 몰라요 한 번도 느껴본 적 없으므로
그들이 내게서 도려낸 것이 무엇인지
기쁨의 기관 배반의 기관

도려내고 꿰맨 자리는 언젠가 또 찢어지겠지요
누구를 위해서인지 몰라요
나를 위해서가 아닌 것은 분명해요

얼기설기 꿰맨 바늘자국 선명한
검은 하복부,
기쁨이 금지된 감정들의 주머니
맨발로 춤추며 춤추며 춤추며
사막을 돌아다녀요

울지 않아요 그때 다 울었을지 몰라요
기억에 없는 울음은 길고 긴 강으로 흘러가고
그때 세상의 눈물 다 흘러버려서
더 자주 건기가 오고
건기가 끝나고도
마른 껍질과 흰 뼈만 남은 사막이 끝없는 건지 몰라요

친절한 인생

처음 바닥에 패대기쳐졌을 때 알았어야 했어
삶은 내게 친절하지 않을 거라는 것

누가 백일홍의 발목을 거는지 걸핏하면 엎어지지
개구리처럼 바닥에 엎드려 알게 되지

허방은 지하주차장 경사로에 숨어 있고
허방은 꽃속에서 나풀거리며 날아오르고

이번 생은 발에 안 맞는 빨간 뾰족 구두
이번 생은 킬힐에 안 맞는 평발

그렇다고 내가 삶에게 불친절할 필요는 없잖아
백일홍에게는 백일홍의 하늘이 있으니까

맥도날드 아가씨

맥도날드 아가씨, 어여쁜 맥도날드 아가씨,
누추한 삶에 전향하지 않아

파란 날개가 녹슨 새장에 갇혔다는
소문 믿지 않아
더 이상 올라가는 사다리가 없다는
소문 믿지 않아

어떤 화려한 고문에도 투항하지 않아
따뜻한 침대, 지붕이 예쁜 집, 반짝이는 가방이
삶의 전부는 아니라네
일찌감치 삶에 투항한 너는 모르리

맥도날드 아가씨, 최저임금 맥도날드 아가씨
비루한 삶에 전향하지 않아

빵을 벌려 패티와 채소를 넣을 때
파릇파릇 싹트는 작은 희망

믿어보고 싶어
기름 속에서 감자튀김 끓어오를 때
끓어오르는 삶의 열정
믿어보고 싶어

마른 빵을 씹을 때 툭툭 함께 씹히는
싱싱한 눈물의 맛,
짜고도 쓰디쓴 꿈의 맛,
너는 모르리

내게는 꿈이 있다네
내 인생에 치열하게 복무하는 꿈

삶의 척추에서
희망의 등골을 빨아먹는 플라스틱 빨대 같은
일회용 값싼 슬픔은
이제 더 이상 나를 주저앉히지 않아

함부로 남발하는 절망은 이제 그만
쓰고 난 종이손수건처럼, 분리수거통으로 던져 버려
별 볼 일 없는 어제여 잘 가라
손 흔드는 나는

맥도날드 아가씨, 분홍신 맥도날드 아가씨
비정규직 알바라고
간절한 노래까지 비정규직은 아니라네
춤추는 열정까지 알바는 아니라네

찬밥

시간의 사서함에 주소 없는 편지가 도착한다
아무도 수신하지 않는다 바람에게
무엇을 발신할 수 있을까

아무 곳에도 살지 않아,
다정한 삶의 대문 안으로 초대받지 않아,

세상과 닿는 체표면을 작게 더 작게,
몸을 웅크리고 앉아

필멸의 구절들
문득 찾아올 때까지,
밤의 희미한 빛 속으로 떠나기를 반복한다

바람을 타고 춤추는 무희로,
분리수거 되지 않은 영혼으로, 순식간에
옮겨가는 밤

이 꿈은 너무 달콤해
더 이상 추위에 떨며 깨어나지 않아도 될 거야
다만 춤출 뿐,
이따금 끊어졌다 이어지는 노래, 불 속에
내려놓고, 파란 음표를 발목에 매달고
가볍게 가볍게, 더 가볍게

남는 찬밥 있으면 주셔요
쪽지 따위 더 이상 남기지 않아도 되는 밤
필사적으로 눌러쓴
추위와 허기의 누추한 기록이 지워지는 밤

구석구석 나무의자들 길게 밤의 무릎 위에 눕는다

불란서인형

안개 낀 독립 영화제의 밤
은행잎 바삭거리는 옐로 카페트 위를 걸어
천천히 밤의 플랫폼을 빠져나가지
조금 지쳤어 낮은 목소리

찢어진 종이가방을 안고, 밤의 플랫폼에서
초고속열차를 기다렸어
인생 전체를 눌러 담는데
백화점 종이가방 하나면 충분하니까
언제라도 떠나자면 짐은 간단하게

무릎 위에 꽃 없는 꽃밭이 펼쳐지지
네 귀가 반듯한 종이이불은 너무 심심해
네 귀퉁이가 너덜너덜한 꽃밭
무릎 위에 덮인 영자신문

찰스와 다이애나의 결혼식
읽고 또 읽어도

엠블럼이 화려한 백마는 오지 않고
햄버거를 주문하는 드라이브 쓰루의 차들 지나가고

이십사 시간 햄버거 사진이
바삭바삭한 감자튀김이
검은 립스틱 묻은 종이컵이
구겨진 종이냅킨이
고개 꺾인 플라스틱 빨대가
많이 그리울 거야

아침이 오면 어린 알바생이 발견하겠지
플라스틱 의자에 쭈그리고 앉은 종이인형
부피라고는 없는 가볍고 마른 인생
오지 않는 기차를 기다리며
시간을 탕진하는 것으로
이 지루한 별에 다녀간 것을 증명하는

나의 맥도날드는 여전히 미완성

댄싱 퀸

한 겹 껍질로 덮힌 하루를 내려놓는다
또 하루를 춤추었다 나의 춤은 모노드라마
춤추며 친절하게 인사하는 배역은 나를 따를 배우가 없어

바람의 관절, 바람의 피, 바람의 뼈로
불특정다수의 관객에게
뼈 없는 삶을 공연하며 바람의 삶을 보여주지
불특정다수의 고객을 향해
바람의 팔을 휘고 바람의 다리를 굽히지

굴신과 굽신의 사이에서 태어난 나는
다정한 불안의 텅 빈 허공을 몸 안에 간직하지
친절한 불안은 내게 뼈가 없다는 사실을 모르는 척하지

몸 안에 뼈가 있었던 적 없는 것들은
뼈가 어떻게 생의 가죽자루 안에서 작용하는지
알 수 없고 알 필요도 없지
어떻게든 바람만으로 살아지니까

원래부터 뼈는 없었으니까
뼈를 바람으로 대체한 것이 아니니까

다만 한 겹 껍질 안으로 바람의 피를 순환시키는 모터심장
그 이외의 것들의 존재를 알았다 한들
작은 구멍 하나에 한 겹 껍질이 되고 마는 무희, 나는
어떤 차이가 있는지 알 수 없지

공기의 피가 모두 빠져나가면
텅 빈 춤을 멈추고 무너져 내리는 공기의 척추
쓰러진 나는 구겨진 바닥이 된다
내일 아침이면 세상에서 가장 가벼운 공기의 신발을 신고
다시 댄싱 퀸으로 부풀어 오르리

누가 보이지 않는 분홍신을 신겼을까
해가 뜨면 산정으로 밀어올려야 하는
무거운 공기의 춤, 시시포스의 바위처럼
멈출 수 없는 바람의 노동을 가르쳤을까

잊을 만하면 생겨나는 허공의 싱크홀
어찌 할 수 없는 춤의 가설무대를 펼치는 거리의 삶을
한없이 얇아진 풍선인형의 고독을

부표

얼마나 더 오래 겉돌아야 하는 것일까 얼마나 더 겉도는
일을 사랑해야 하는 것일까 세상의 모든 바다를 떠돌자면
얼마나 더 간절히 표면에 매달려야 하는 것일까 얼마나
더 막막해야 하는 것일까 깊이 끌려들어가지 않기 위해 이
안간힘은 얼마나 오래 망망대해를 떠돌았을까 온몸으로
깊이 뛰어들지 않은 것은 떠돌게 돼 모든 사실을 미리 알
았더라면 무엇이 달라졌을까 삼각파도의 등을 넘어간다
속 비우고 힘 빼고 가볍게 더 가볍게 표류한다 겉도는 삶
의 깊이는 모두 표면에 있다 이윽고 아무 곳에도 닿지 않
을 것이다

아부다비에서 온 편지 1

아버지 이곳은 고기가 싸요 친구 하나가 쇠고기를 사다가
조금씩 혼자 베어 먹어요 기숙사 냉장고 안에 든 쇠고기
가 날마다 조금씩 줄어들어요 속닥속닥 그 친구를 흉 봐
요 돈 벌러 와서 먹고 싶은 거 다 먹고 언제 돈 버니, 속닥
거려요 이따금 몰래 냉장고를 훔쳐봐요 부러워요 쇠고기
가 부러워요 줄어든 쇠고기만큼, 두께 딱 삼 밀리미터만
큼, 부러워요 일요일에는 아이들을 돌보러 가요 걱정마셔
요 일요일이라고 딱히 갈 데도 없는 걸요 베이비시터로 하
루 더 일하면 좀 더 많은 돈을 송금할 수 있어요 새 집을
더 빨리 지을 수 있어요

아부다비에서 온 편지 2

왕자가 결혼해 달래요 오늘은 교통사고로 삼 개월 입원한 토후국 왕자가 퇴원하는 날, 왕자의 두 명의 아내가 퇴원 수속을 밟고 있어요 허락하면 나는 왕자의 세 번째 아내가 될 거예요 그렇지만 나는 누구의 아내도 되고 싶지 않아요 두 번 째 아내도 첫 번 째 아내도 유일한 아내도 되고 싶지 않아요 이 삶에서 나는 아내 따위 되지 않아요 왕자의 엉덩이에 마지막 주사를 놓아요 가능한 아프게, 마지막 인사를 해요 왕자가 몇 번이고 돌아보며 손을 흔들어요 사랑하는 언니, 누군가의 아내로 사는 것을 꿈꾸어도 흉이 되지 않는 동화같은 시절도 있었다지요

워홀러 통신

여기는 폭염이 닥치고 산불이 크게 났어요
너무 더우면 나무들이 저절로 불붙기도 하는지
산불이 공중으로 불들을 던져올려요
이번 달부터 닭모가지 치는 일을 해요
바퀴벌레 한 마리도 못 죽이는 손에
목 잘린 닭들이 털 뽑는 기계로 들어가요
일 년만 하고 돌아가기로 했는데
학자금 융자를 갚을 만큼 벌면
돌아가서 남은 학기를 마저 끝내기로 했는데
돌아가지 않을래요 이방인으로
지내다가 돈 모이면 비행기표를 살래요
여행하다가 돈 떨어지면 닭모가지 치고
세계일주 하며 살래요 엄마가 저번에
말씀하신대로 농장에서 딸기도 따 봤는데,
식물성 일은 힘든 만큼 돈이 되지 않아요
사랑하는 식물엄마, 슬퍼 마셔요
내가 잘 참잖아요 잘 친해지잖아요.
밤마다 닭들이 머릿속을 돌아다녀요

죽은 닭들이 콕콕, 잠든 내 눈을 쪼아요
그래도 죽은 듯이 자야 해요
불붙은 악몽도 잠을 자야 꾸니까요
잠을 자야 내일 다시 모가지를 칠 수 있어요
조만간 악몽하고도 친해질 거예요
내가 죽인 꿈속의 닭들하고도 친해질 거예요
이건 꿈이야 하면서 꿈꾸거든요
이제 영어로 꿈을 꿔요 네이티브 스피커의
유창한 발음으로 닭들과 대화를 해요
사과는 네이티브 스피커보다 더 잘 해요
백년만의 이상한파 속 추운 나라의 엄마,
길을 두고 산으로 가겠니 꿈속까지 따라와
딸에게 손을 내미는 시들어 슬픈 채소엄마
난 가난한 엄마 따위는 되지 않겠어요

결혼식 부케

꽃이 그리는
포물선이 끝나는 자리가 비어 있네

그 꽃다발, 내가 받겠다고
아무도 선뜻 나서지 않아

식이 끝나고 허공으로 꽃이 날아오를 시간

백합과 수국과 장미의 시간이
허공으로 던져지지만
향기로운 시간을 연결해서
받아야 할 손이 없어

한때는 흔해빠진 것이었으나
누구나 하는 것이었으나
숟가락 두 개에
물 한 그릇 떠 놓고도 하던 것이었으나
언제부터인가

운 좋은 몇에게만 허락되는 것

포기한 여러가지 것들 가운데 하나가
결혼이라고
하객으로 온 처녀 하나가 웃네

담담하고 쓸쓸하게
주인 없는 꽃다발이 말라가고

테이프를 허리에 감은 채
안간힘을 다해 벽에 바싹 매달려

펭귄표 지우개

나답게 살고 싶어, 펭귄의 입에서 나온 말에
갑자기 웃음이 터져나왔다
아, 미안
웃으려고 한 것은 아니야
나도 모르게 그만

얼버무리며 사과를 하면서도
웃음이 그치지 않는다
펭귄의 입에서 나온 뜬금없는 말
표정은 비장했으나
빨간 베레모에 붉은 볼연지 우스꽝스러워
펭귄답게 사는 것은 무엇일까

그동안 나답게 살지 못했다는 말이군
나야말로 나답지 못하게 살고 있는데
웃다말고 입술이 일그러져야 할까

남극기지를 세운 기념으로

교환학생 펭귄이
온대마을 기숙사에 도착했을 때
룸메이트였던 나는
극세사 이불 세트를 펭귄의 침대에 깔아주었다

가나다라마바사 아자차카타파하
아야어여오요우유으이
어학공부도 곧잘 하는가 싶더니
더듬거리는 말로 어느 날부터
스마트폰 부품조립 알바를 시작하더니

비행기표 끊었어 다음 달에 떠나
알바로 번 돈으로 장만한
이민용 트렁크를 끌고 와서 보여주는
펭귄의 몸
커다란 트렁크에 가려 보이지 않는다

올 때는 빈손이었는데 돌아가려니

가져가야 할 게 많아
쑥스러운 듯 머리를 긁는다
무엇보다 극세사 이불이 부피를 많이 차지하더군

나답게 사는 게 어떤 건데?
튀어나오는 질문을 목구멍으로 눌러 넣으며
돌아갈 얼음대륙조차 없는 흰 손이
눈앞에 떠오르는 머릿속 남극대륙을 지운다

목요일

목숨의 목줄 끌고
걷다 지치면
기어서라도 가겠어
목화솜꽃 터지는
목적 넘어 들판 지나
농담의 끝까지
무리한 부탁
기꺼이 들어주고
칭찬해 주겠어
잘 했어 잘 했어
목양견이 몰고 가는
오늘은 목요일
목젖까지 차오른
울음섞인 목소리가
들려주는
잘 했어 잘 했어
참 잘 했어

노량진*

공주의 가계에 노략질하는
해적은 없어 철없이 내일을 꿈꾸네

노루공주 노새공주 혹은 당나귀공주
탑에 갇히네 긴 머리는 나날이 더 길어가고
탑은 드높고 칠판은 딱딱하네
융통성 없는 책상간수가 공주를 지키네

야생의 들판을 철없이 뛰놀다
청춘의 국경에 도달하고 말았으니
공주가 받은 형벌은
기약 없는 공부라는 벌

공부, 공부, 또 공부
죽어라 공부해도 죽는 날까지
공부만 하다 죽을지도 몰라

불의 청춘에 가장 어울리지 않아

탑 아래로 내려 보내지 못하는 긴 머리
고시원 한 평 방 밖으로
불꽃처럼 뻗어나가네

오랜 숲의 관습법에 따른 것이어서
다른 판례를 적용하기 애매한 형량
언제 끝날지 알 수 없으니

향기로운 미나리 무성한 초록장원 한 뼘
물려받지 않아
젖과 꿀이 흐르는 공화국 대신
출마하기만 하면 당선되는 지역구 대신

재투성이 앞치마 한 장
유산으로 받았을까

드넓은 이교도의 영지는 어디에 있나

돌무더기 황무지에
숟가락 하나 꽃 피우는 시험에 들지 말게 하시고
찬란한 노예선이 코 앞에 닥쳤으니

나루에 몇 척의 배가 남아 있는가
없는 뿔의 목소리가
탑 아래로
상어떼 우글대는 봄의 해협으로
머리카락을 내려 보내네

끈질기게 밥그릇 이빨을 드러내고 몰려오는
해적선들과
한바탕 치열한 해전이 시작될 것이라고

노량진만 노량진이 아니어서
타야 할 배가 오지 않는 곳은 모두 노량진이어서

* 2016년 4월에 치를 9급 공무원 시험에 22만 명이 원서접수했다. 이 시를 발표한 후 얼마후 다음 뉴스가 덧붙었다. 공무원 시험에 응시한 남자가 훔친 출입증을 들고 서울시종합청사에 침입했다. 컴퓨터의 점수를 조작하여, 시험에 탈락한 자신을 7급 공무원에 합격시켰다. 언론은 뚫린 보안에 촛점을 둔 방송을 연일 내보냈다. 진짜 문제는 그게 아닌데. 진짜 문제는 뚫린 보안이 아닌데. 문제의 초점이 주객전도된 사회. 젊은이가 직업을 구할 수 없는 사회. 궁여지책으로 신분을 도둑질하는 사회. 훔치고 싶은 신분이 관료인 사회.

역삼각형 천국

두 개의 문짝 손잡이를 쇠사슬로 걸고
아래로 쳐진 쇠사슬을 연결한 자리에
주먹만 한 자물통이 걸리자

역삼각형의 삼위일체가 완성된다

이십사 시간 연중무휴 약속하며 열려 있던 천국문
쇠사슬과 자물쇠 걸어두고
대천사는 어디로 간 것일까

한밤중에도 뜨거운 김 하얗게 올리며
끓어오르던 천국의 국솥과
식초와 소금 간 잘 맞춰 말아낸 김밥
잠 잃은 어린 양들을 위해 말아내던 잔치국수
이십사 시간 천국의 호황은
옛 일

천국도 저녁이 있는 삶을 보장해야 굴러간다

천사도 법정 근로시간을 지켜 근무하느니
천사도 공휴일에는 쉬어야 하느니
저녁이면
알바천사들 모두 집으로 퇴근하고

야간근무를 하는 천사의 시간외 수당
일요일 근무 공휴일 수당을 다 주고는
더 이상 수지타산이 맞지 않는다고

한밤중 배고픈 어린 양 잠 못 이루고
간절히 천국을 원해도
천국은 더 이상 밤중에 문 열지 않는다

밤의 거리를 미친 듯 달리던 폭주족 양떼가
천사의 손을 잡고
천국으로 들어갈 수 없는 시간이,
어서 오세요
꽃무늬 앞치마를 입은 대천사의

날개 달린 인사를 들으며
천국의 딱딱한 안락의자에 앉아
싸고 따뜻한 복락을 구할 수 없는 시간이

공공연히 지옥이라 불리기 시작한다

이마저 견딜 수 없어
임대 혹은 매매가 붙은 주인 없는 천국을
하이에나들 기웃거리고
양의 탈을 쓴 늑대에게 소유권이 넘어간 천국은
연옥으로 업종전환 중

다음 대천사 선거까지 아직 한참 남았는데
천국은 총체적 불황이다

어릿광대의 꿈

작은 모눈이 칸칸이 그려진 누런 양피지는 원래
은퇴한 해적의 소유였다

평생을 모은 반짝이는 돌을 다 주고
평생 나누어 갚아야 할 만큼 많은 금을 빌려서
쓰레기가 산더미 같이 쌓인
해적의 낡은 집을 샀을 때, 덤으로 나에게 왔다

백년 만에 태평양을 건너 온 해적의 아들이
서둘러 서류에 서명을 하고
이제부터 쓰레기의 소유권이 나에게 있다고 엄숙하게 선
언했다

부동산 중개사가 그제서야 서늘한 목소리로
이 집의 주인이 이름만 대면 알 만한 해적이었다고
내 귀에 속삭였다
혹시 해적이 외다리였는지 애꾸눈이었는지 묻고 싶었지만
애인이 옆에 있어서 참았다

어떤 질문은 아무리 가까운 사이여도 들키고 싶지 않다

서커스를 따라다니며 천막에서
천막으로 떠돌다 처음으로 정착한 내가
몇 년에 걸쳐 쓰레기를 치우는 동안
애인은 속은 것 같다고 속상해 했지만, 나는 일찌감치
그 집에 무언가 멋진 것이 있을 줄 알았다

한 여름 뙤약볕 아래 놀이공원
덥고 무거운 숫사자 탈을 쓰고 일을 하는 틈틈이
내가 빙긋빙긋 웃는 것을 사람들은 모른다

바람이 잔잔한 달 밝은 밤이나
한 달에 한 번 쉬는 월요일 오후 나는
조금씩 무거워지는 돼지저금통을 흔들어 본다
돛이 달린 범선을 한 척 사기 위해 은화를 모으는 것은
아무에게도 발설하지 않은 비밀이다

나에게 해도가 한 장 있다

금화와 진주가 묻힌 오래된 양피지가 있다

장화 신은 바나나

1

하늘에서 청산이 비처럼 내려와. 아이들이 노래를 불러요.
마그리뜨, 당신 무슨 생각을 하는 거야. 하늘에서 아이들
이 비처럼 내려와. 아이들이 다시 노래를 불러요. 마그리
뜨, 음정이 안 맞잖아. 소리 없이 착륙하는 아이들은 없어
요. 떨어져 내리는 붉은 빗물. 눈을 감아요. 오늘은 정말
비 맞으러 가고 싶어요.

2

반짝반짝 빛나는 새 구두 신겨줄게 제대 선물로 구두를
사요 제대날짜를 손꼽아 세어요. 착한 애인의 발목이 영
원할 거라고 믿던 밝은 날이어요 씩씩한 애인의 무릎이
굳건할 거라고 믿는 순한 밤이어요 애인의 무릎은 둥글
고 애인의 발목은 단단해요 애인의 구두는 어디로 걸어가
나요 축구공을 걸어차다가 신발이 날아간 운동장은 누구
와 다시 땀을 흘리나요 눈물이 반짝이는 저 별은 애인의
구두를 신어본 적 없는 발목이 아니어요 애인과 팔짱끼고
걸어본 적 없는 무릎이 아니어요 다정한 곰신카페에서 오

지 않는 애인을 기다려요

3

비 오는 수요일 삼 학점 짜리 강의를 빼먹는 사회학 강사
가 있었어요 도저히 강의하러 기차 타고 다른 도시까지
오고 싶지 않아 마지못해 와서는 빈둥대며 시시한 이야기
를 했어요 비가 오니까 나는 어리고 시시비비 가리지 않아
요 그 학기에 비가 많이 왔어요 그를 자주 볼 수 없었어요
다음 학기는 비가 오지 않아 가뭄이었지만 그를 아주 볼
수 없었어요 그가 가르친 내용은 모두 비에 씻겨 내려갔
어요 비 오는 날은 선생도 출근하고 싶지 않아 비 맞고 싶
지 않아 그 강사 이름도 잊었는데 비 오는 날은 학교 가기
싫어, 그 말이 남았어요 비 맞으러 나갈 수 없어요 내가 가
진 가장 좋은 신발은 맨발이었어요

4

날개가 없어도 좋소 네 발 대신 두 발로 진화했소 자랑스
럽소 직립인간에게 발과 발목은 어떤 의미인가요 높은 곳

에서 뛰어내려요 추락 말고는 다른 운명이 없는 건가요 끊임없이 그 잘난 손이 만든 문명이 몸을 해체해요 사람들이 세상의 구석구석에서 저마다의 전쟁을 치르고 있어요 발의 운명과 손의 문명 사이에서 방황하는 나는 이제는 아무 곳에도 없는 무릎이요

5

백년의 시간이 파노라마처럼 한꺼번에 펼쳐져요... 아직 살지 않은 시간... 살아갈...아직 살지 않은... 살아갈... 시간... 아, 테이프가 헛돌아요... 맨발은 없어지고 장화만 남은... 이야기. 아이, 씨... 울지 않으려 했는데... 또 울고 말아요...

6

어쩌자고 발목이 발목을 잡아요 더 이상 진도를 나갈 수가 없어요 녹슨 해바라기의 시간을 넘어갈 수 없어요 이 철조망은 발목이 있는 사람의 나라와 발목이 없는 사람의 나라를 나누는 국경인가요

7

헌 노래를 새 노래로, 헌 사과를 새 사과로, 헌 심장을 새
심장으로, 헌 여자를 새 여자로 바꿔드려요 헌 피를 새 피
로, 헌 뼈를 새 뼈로, 헌 빵을 새 빵으로, 헌 고양이를 새
고양이로 바꿔드려요 헌 것은 헌것끼리, 새 것은 새 것끼
리 사고 파는 시장에서, 헌 발 줄게 새 발 다오 헌 발목 줄
게 새 발목 다오 헌 무릎 줄게 새 무릎 다오 새 구두 줄게
헌 구두 다오

8

성실하게 열심히 가르친 선생님들은 다 어디로 갔을까요
어쩌자고 이기적인 몹쓸 강사가 비를 부르는 걸까요 없는
맨발로 비 맞으러 가고 싶어요

폭설 상종가

증권으로 전 재산 날리고 이혼한 사내와 밥을 먹는다
너는 어쩌면 내가 예상하는 것보다 훨씬 더
낯선 사람이다
눈발인지, 숱이 엉성한 머리에서 흘러내린 머리카락인지,
한쪽으로 처진 어깨 위가 희끗희끗하다
축축하게 젖은 면적이 늘어가는, 높이가 다른,
어깨의 기울기, 가파르다
유산으로 받은 집과 땅까지 홀랑 날리고
이번에는 틀림없다는 너를 도대체 어쩌면 좋으냐
화가 나지만 화를 낼 수도 없다
한 그릇 국물 앞에서 대책 없는 작전을 늘어놓으며
웃고 있는 네가 울어야 하는 것도
판이 엎어질 차례가 기다리는 줄도 모르고
속없이 내가 웃어야 하는 것도 아니지만
삶이야말로 얼마나 큰 도박인가
예측불가의 확률을 믿고
리허설 없이 패를 던져야 하는 도박판에서
어느 한 순간 위험하지 않은 시간이 있을까

지레 겁 먹고 웅크리면

한 발짝도 문 밖으로 걸어 나갈 수 없는 것을

길을 나서면 왠 걸림돌은 그리 많은지

엎어지고 자빠지기 다반사

모든 길이 막다른 골목으로 통하기도 하고

온몸을 통째로 삼킨 맨홀의 식도를

안간힘을 쓰며 거슬러 기어 올라와야 하는 것을

집에 고요히 있어도 쓰나미가 몰려와

순식간에 지붕과 기둥뿌리를 쓸어가기도 하는 것을

아침의 맑은 하늘을 배신하는

갑작스런 눈에 갇힌 오후는 얼마나 당혹스러운가

또 얼마나 익숙한 풍경인가

삶의 일기예보에게 배반당하지 않는다고

나는 장담할 수 있을까

예측대로 되지 않은 날들이 모여 한 삶이 된다

인생 전체를 헌 옷 걸듯 녹슨 못에 걸쳐놓고

그 벽이 승률이라고는 아예 없는 도박판인 줄조차 모르는
내가

누구를 동정하고 누구를 비난할 수 있을까
인생 전체를 판돈으로 걸지 않고서야
어디 살아지기나 하는가
켜켜이 내려앉은 눈이 무거운지
돼지국밥 집 간판 한 쪽이 아래로 축 늘어진다
진눈깨비에 젖은 얼굴들 하나 둘, 그 기울기 아래 모여
든다

오름의 달인

그는 단 한 번도 오름에 도달한 적 없다
대신 오름 연기의 달인으로 살았다
연기하면서 산 그 사실이 슬프다

느낀 척 살았으나 느끼지 못했다 슬픔도 기쁨도
슬퍼야 할 때를 골라 슬픈 척
기뻐야 할 때를 가려 기쁜 척 살았으나
어느 쪽도 그의 삶이 아니었다

못 본 척 살았으나 실제로 보지 못했으므로,
엄살 떨고 싶지 않았으나
엄살에 절었고
들키고 싶지 않았으나
수시로 드러냈으므로,

미치도록 힘들었으나
한 번도 미치지 않았고
혼자 있는 것이 두려웠으나

함께 있으면 더 겁먹었으므로,

무대를 바꾸어가며 이어가는 나날들
단 한 번의 리허설도 없이, 단 한 번의 엔지도 없이
인생이 진행되는 동안
맡은 역할들 속에서
죽도록 쓸쓸하고 외로워 그는
자기 배역 안에서 자주 죽었다

칼을 들고 달려 나왔으나
첫 장면에서 살해되는 엑스트라 병사
운이 좋으면
시장통을 지나가는 행인 3

최선을 다해 장렬하게 죽고
최선을 다해 간절하게 투명하게 시장을 스쳐 지나가지만
아무도 기억하지 못하는 명배우답게

헐떡이지 않고 한 걸음씩
초록눈의 용눈이 오름, 둥글고 완만한 능선을 오른다

오늘의 달인, 순간의 달인답게, 깊이

제 3 부

옥수수

이와 잇몸 뿐인 아이를
업고 선 저 여자들
입술도 없는 아이를 키우는
온몸이 혓바닥인 여자들
길고 푸른 혓바닥으로
햇빛을 잘라먹고
달빛을 잘라먹고
바람을 잘라먹는 여자들
빗방울을 혀 위에
올렸다가 비우고 올렸다가
다시 비우는 여자들
거짓말처럼 넘실거리는
푸른 혓바닥 위로
어떤 노래가 지나가는지
종일 슬픔을 웅얼거리는
저 옥수수 잎들
차가운 입술이 없어
붉은 키스도 없는 여자들

꽃도둑

꽃을 훔쳐 가지 마세요
안경점 옆 꽃밭에 팻말이 꽂혀 있다
몇 달째
꽃을 훔치면 그냥 두지 않겠습니다
그 말이 궁금하다

꽃은 없어진 지 오래인데
빈 꽃밭에
꽃이 없으니
더 도드라져 보이는 팻말
꽃을 훔쳐 가지 마세요

없는 꽃을 훔치는 사람도 있을까
없는 것을 훔치는 도둑
어쩌면 그는 고수인지 모른다
그 방법이 궁금하다

없는 꽃을 훔쳐 가는 고수에게

마음을 훔치는 법을
배울 수 있지 않을까 싶어

안경점을 지날 때 마다 나는 꽃밭을 훔쳐보고
꽃밭을 훔쳐보는 나를
팻말이 지켜보고
마음을 훔치려는 나를 지켜보고

꽃을 훔쳐 가지 마세요
팻말과 나는 팽팽하다

메리골드

꽃모가지 딴다 똑똑, 차로 만들어 마시겠다고, 눈으로 보아야 할 꽃, 모가지 딴다 똑똑, 눈 앞에서 귓가에서 똑똑, 떨어져 나가는 꽃 모가지 똑똑, 헛똑똑이로 살아온 모순의 날들과 귀가 얇은 재앙이 만나 똑똑, 눈 영양제 루테인 함유 운운 똑똑, 한껏 귀가 솔깃한 나나 꽃이나 서로의 한껏 허약한 지점이 만나 똑똑, 못 볼 것 너무 많이 보아 괴로워하면서, 무엇을 얼마나 더 잘 보겠다고, 꽃을 차로 마시면 눈이 더 좋아질 거야, 눈 먼 유혹이 만나, 똑똑, 꽃 모가지 딴다 지금 눈 앞에서 황금빛 절정을 향해 가는 이 꽃보다 더 아름다운 무엇을 얼마나 더 보겠다고, 꽃모가지 딴다 똑똑, 진짜 아름다운 것은 눈 너머에 꽃피는데, 꽃모가지 딴다, 똑똑

동피랑날개벽화

휴일이면 눈이 초생달처럼 가늘어지는 처녀들, 웃음이 절반인 처녀들, 벽을 찾아온다 처녀들 등을 벽에 붙이고 서서, 깔깔댄다 뽀얗고 가느다란 팔을 흔들어대며, 깔깔댄다 어깨에 벽을 떠메고 날아가는 흉내를 내며, 깔깔댄다 처녀들은 왜 늘 바람을 몰고 오나 샴푸냄새가 나는 머리카락 사이로 바람이, 깔깔댄다 바람이 불 때마다, 벽은 숨이 막힌다 깃털 하나 남김없이 공기가 차오른다 겨드랑이가 가려워 견딜 수 없어, 심장이 빠개지는 것처럼 아파, 나무뿌리가 정수리를 파고 들어오듯 아파, 보드라운 처녀들의 날개가 될 수 있다면, 땅에 발붙이지 못하는 벌을 받아도 좋아, 영원히 허공을 떠돌아도 좋아, 사람들이 벽의 옆구리에 날개를 그려 넣은 순간부터, 벽은 더 이상 벽일 수 없게 되었다

오빠라는 기호

-세상에는 오빠들이 많아 동네오빠 교회오빠 서클오빠 선배오빠 애인오빠 세상에는 오빠들이 많아 많아도 너무 많아 세상의 남자들 한때는 모두 오빠들 영원히 오빠일 준비가 된 오빠들

어떤 관계입니까 제이와?
다리뼈의 엑스레이를 들여다보며 의사가 묻는다
오빠입니다
오빠라면, 어떤 오빠입니까?
의사가 또 묻는다

아버지가 같습니다
한 박자 뒤에 덧붙인다
어머니가 같습니다
하루 한 끼 쯤 같은 밥을 먹습니다
취향이 많이 다릅니다
투닥거리며 자랍니다
이따금 아버지 같고 더 자주 아들 같습니다

같은 자궁에서 엄마를 파 먹고,
같은 단백질의 시냅스로 연결되는 끈끈한 우주,

같은 피와 뼈를 나눈 관계는
정형외과의 엑스레이로 판독되지 않아

사족과 주가 붙어야 하는 친오빠는
문진과 의심으로 진단되는 낯선 증상,
아무리 낯선 장르로 진화되어도 낯익은 통증

백년을 가도 이해가 안 되는,
버리고 싶어도, 버릴 수 없는
이미 오래 전에 버려서 더 버릴 것이 없는데
버려도 버려도 버릴 것이 남는
가장 오래된 인류

핸드 드립

수동식 연애가 끝난다
느린 커피 한 잔 내리고 싶었을 뿐인데
손목이 부풀어 오른 저녁이
이스트가 들어간 빵 반죽처럼 불룩하다

물집을 터뜨리면 안 돼
흉터가 남을까, 근심하면서
흉터조차 없이 잊혀질까, 슬퍼하면서

생의 뜨거운 손목을 소주에 담그고
깔때기를 뒤엎은 무심한 오후가
흔적 없이 여과되기를 기다렸던가

종이필터를 통과해서 한 방울씩 떨어지던
당신이라는 끓는 물이 잠시, 아주 잠시
쏟아져 내렸을 뿐인데
실은 내가 당신을 향해 왈칵
쏟아지고 싶었던 것 아닐까

무심함이야말로 가장 위태로운 자세여서
외마디 비명 뒤로 기꺼이
쏟아질 준비가 되어 있다는 듯

손목의 검은 눈이 가슴 안쪽을 들여다본다
이 깊은 눈은 무엇이 남긴 무늬일까

느낌, 말할 수 없는

성에 낀 창문에 손가락으로 써 보았어
멀고 심심하고 밋밋한 이름

차 안은 따뜻하고 바깥은 차가워서
나를 모르는 이름 생각, 오롯해서 좋았어

세상에서 가장 촉촉한 이름이 음각으로 새겨지고
그 외에는 아무것도 보이지 않아
그 이름을 잠시 숨 쉬었어

혼자라도 숨을 잘 쉴 수 있을 것 같아

조용한 방안에 친 작은 텐트처럼
숨결과 체온만으로 반투명의 막을 만드는 차 안에서
혼자 사랑하고 혼자 이별하는 그런 순간이 와서

부끄러움만으로 떨리는 그런 순간이 와서
써놓은 이름의 선과 각이 무너지고

아무도 알아볼 수 없는 이름
물이 되어 흘러내리는 이름

성에 낀 창문을 조용히 문질러 지웠어

쑥과 마늘만 먹고 얼떨결에 여자가 된 후
처음이야

바나나 속이기

노끈이나 나무에 매달아 놓으면 오래 간단다
그 말 믿지는 않지만, 늦은 오후

바나나 한 송아리를 묶어두기 위해서
나무를 찾다가
바나나 한 송아리를 박아두기 위해서
못을 찾다가
바나나 한 송아리를 매달아두기 위해서
망치를 찾다가

망치를 든 채 전화를 받는다
망치를 든 채 안부를 묻고
망치를 든 채 수다를 떨다가
왜 손에 망치를 들고 있을까, 잊는다
왜 못 하나가 거기 있을까, 잊는다

대화에 열중하느라
무심코 가장 날카로운 말로 애인의 가슴 깊이 대못을 박

는다
　　손에 망치와 못이 있으므로
　　어딘가에는 박아야 하므로

　　날카로운 말은 빨리 허기를 부르고
　　배가 고픈 나는 바나나를 먹는다
　　몸 위로 미끄러져 오는 바나나
　　내가 밟고 넘어지는 바나나
　　이윽고, 바나나 껍질처럼 휘어진 미끄러운 밤이 오고

　　검버섯이 생기기 시작한 바나나
　　썩어가기 시작해서 향기로운 바나나
　　검버섯이 피기 시작하는 바나나
　　바나나 바나나 오 바나나

　　날카로운 말은 꼭 애인의 가슴에 박아 넣는다
　　철철 흘리는 피를 보고야 만다

짐짓 속아주는 척 하는 사람아
사랑한다 사랑한다 고백하고 맹세하고
그리고 또 상처를 준다

몰래 기어들어가고 싶은 그림 속
무성한 파초잎 향기로운 이국의 마을에서
비로소 후회의 눈물을 흘리지만
또 다시 망치자루를 드는 나날이여

바나나는 속지 않는다
다만 검은 향기를 풀어놓을 뿐

브래지어를 풀어헤치고 파초잎 지붕 아래 누운
내가 나를 속이기는
바나나를 속이기보다 어려워

오랫동안 나를 속인 나
속고 있는 줄도 모르는 나

이미 속을 대로 속아

더 이상 속을 것이 없는 바나나

오 바나나

눈사람

소심한 불령선인이었던 그는
비뚤어진 등뼈를 가방에 쑤셔넣고
식민지의 교문을 떠나
고향집 다락으로 돌아갔다

얼음처럼 차가운 그의 다락에는
책과 편지들이 먼지를 뒤집어쓰고 쌓여 있으나
책들은 봄이 되면 녹아내리고
겨울이면 다시 얼어붙기를 반복하다가
마침내 더 이상 얼기를 포기했으므로
대를 물린 것은 책과 편지가 아니라
먼지들이다

그의 기록은 불타서 없어졌으므로
아무도 그를 증명할 수 없으나
혹은, 녹아 증발했다는 소문이 있으나
그의 가계는 여전히
보이지 않는 불령선인의 비뚤어진 등뼈를

자랑으로 여긴다

그의 가계를 떠나온 지 오래 된 나는
다른 뼈를 내 몸에 새겨 넣고
녹아 증발하는 즐거움을 학습했으나
둥글고 차가운 몸은 여전히
따뜻한 난로 앞으로 다가가기를 주저한다

영희네 집

대문이 꼼짝도 않아
알파벳과 숫자의 조합을 누르지만 안 움직여

어두워지는 하늘 어두워지는 골목
낯설고 불안해
서두르지마 차분해져야 해
비밀번호 누르는 방법이 틀렸을까
다시 알파벳과 숫자를 조합하지만

비슷비슷하게 생긴 골목들
비슷비슷하게 생긴 대문들
비슷비슷하게 생긴 전자키보드

도둑들은 알리바바의 집 대문에 표시를 하고
모르가나는 동네의 모든 문에
똑 같은 표시를 더하고

바른 골목 바른 문이라면

힘 빼고 부드럽게
열려라 참깨, 속삭이기만 해도 열릴 것을

서 있는 자리가
틀린 골목 틀린 문 앞일 수 있다는 것을
의심해볼 생각을 왜 안했을까

젖 먹던 힘까지 용을 쓰며
다른 골목에서 다른 대문의 비밀번호를
누르고 있는 삶이 있다

노란 페인트를 칠해주세요

1
페인트공이 창밖에 매달린다
그와 눈이 마주치지 않기 위해
부엌으로 달려간다

구층 높이 다리가 긴 식탁에 앉아
카레를 퍼먹는다

김이 모락모락 나는
노란 페인트를 칠해주세요

밧줄 하나에 매달려
수직으로 미끄러져 내려가며
페인트공이 꼼꼼히 외벽의 균열을 찾듯
삶의 밧줄에 매달린 나는
접시의 꽃무늬를 들여다본다

누군가와 눈이 마주치지 않기 위해서는

다른 것과 눈이 맞아야 한다

들여다보지 않으려 애쓰지만
어쩔 수 없이 들여다보아야 하는
생활의 내부
아무리 더 깊이 들어가려 해도
그 안으로 더 이상 들어갈 수 없는
생활의 외부

그 사이에서 눈이 마주치지 않기를

어쩔 수 없는 생활의 실금이 가는 카레 접시
꽃과 잎 사이

2
마주치고 싶지 않지만
마주쳐야 하는 얼굴들

눈을 외면하며
굳게 닫힌 유리창을 외면하며
얼마나 오래 매달려 있었나

방수처리한 실금이 지렁이처럼 기어가는

콘크리트 외벽

밧줄을 놓치지 않는 외설과
눈이 마주치지 않기 위한 안간힘
균형을 이루어야
보여도 안 본다
보아도 못 본다

벗겨진 시간 위에 새 시간을 덧칠한다

3
삶의 구조를 만든 신은 큰 틀의 도면만 그리지

세부는 제각기 알아서 만들어 넣어야 해

제각기 다른 세부를 가졌으나
큰 틀에서 보면 같은 구조의 삶
겉이라도 조금 다르게 덧칠하고 싶어

붓끝에서 시간이 끈적하게 흘러내린다

달라질 것은 아무것도 없이

4
노란색이요 노란색, 부탁드려요

노란 포스터잇 같은 기도를
들었을까 신이

다음 층으로 옮겨가는 페인트통
5동의 내부에서는 보이지 않아

아파트 외벽에 무슨 색이 칠해졌는지
모른다
건너편 3동을 보고 짐작할 뿐

나는 끝까지 모른다
내 삶의 외벽이 무슨 색인지

노란 페인트를 칠해주세요

기도할 뿐

바보야, 그건 신이 하지 않아
노루표 페인트에 전화해야지

난무하는 충고와 광고
불친절과 친절의 불화

끝까지 회색이면 어쩌지

그래도 어쩔 수 없지, 그렇다고
기도를 멈출 수는 없어

5
균열이 가는 외벽을 덧칠한다

조금 더 버틸 수 있을까
누추하지만 아직 무너뜨리고 싶지 않아

페인트칠이 벗겨진 삶
진짜 삶은 이렇게 벗겨지는 것일까
덧칠하고 잠시 안심하는 걸까

의심 위로
페인트 붓이 지나간다

내부로 들어가지 못하고
외부만 칠하는 날들이 이렇게 길어질 줄

짐작이나 했을까

허공으로
페인트 붓이 지나간다

밧줄을 잡고 공중에 떠 있는 시간을
텅 빈 공중을
언제부터 사랑하게 되었을까

이제는 무너지고 없는, 오래 전
벽이 있던 자리를

6
외벽을 뚫고 구급차가 달려온다
오래 외면한 불안을 삼킨다

무엇을 보고 무엇을 놓치고 무엇에서
줄이 끊어지는지 몰라

바닥과 부딪치는 둔탁한 소리
그 후에 바닥을 흘러내리는 소리

사람들이 아파트 마당으로 달려온다

엘리베이터를 타고 내려가는
노란 카레 냄새

7
또 누가 밧줄도 없이 공중에 매달렸을까
허공을 비껴가며
잠시 눈이 마주치기라도 했을까

분홍 해운대

1
다시 이십 년 후에도 기억될 곳, 가장 멋진 곳에
데려가 주고 싶어

이십 년 만에 만난 친구와
이십 년의 이야기는 길고 길 것 같은데
태풍치는 밤에 무슨 이야기를 먼저 할까

그는 돈도 잘 벌고 성공한 것을
자랑하고 싶을 거야
나는 내 절망과 꿈을 이야기 하고 싶은데
우리는 그때 그 친구가 아니야
이야기가 방향을 잃고
비보호좌회전 신호 앞에서 멈칫거리는 말들

밤의 성난 파도에 휩쓸려가는 이야기들
어느새 더 할 이야기가 없어
반 넘어 바닥난 밤의 바다,

바닥난 이야기가 암초에 걸리고 엉성한 그물은
떨어진 별의 비늘 하나 건져올리지 못하지

삶이 반 쯤 바닥난 우리는
우회할 수 없는 길 위에 서 있는데
이십 년 전의 그는 아무 곳에도 없고
이십 년 전의 나도 아무 곳에도 없고

2
차선을 잘 못 탄
밤길 운전, 좌회전한 차가 깔때기 속으로 빨려 들어간다

이 골목은 익숙하게 알려진, 안다고 믿는 해운대가 아니다
당황 속에 숨은 예측불가, 분홍
숨은 거리와의 첫 대면
하필이면 그 시간 그 곳은 그 환한 불빛 아래 있다

진공청소기 속으로 빨려 들어가듯

길 잃지 않았으면 결코 못 보았을 분홍 뒷골목

기웃거리며 사람을 흥정하는 사람들 사이를
허둥지둥 서둘러 빠져나온다
다시는 전과 같은 눈으로 바다를 못 볼 것 같아

붉은 등이 켜진 유리문 안,
수영복 차림으로 앉은 복숭아빛 여우들 앞을 빠져나오며
버버리코트 깃을 올렸던가

가장 멋진 곳인지는 알 수 없으나
이십 년 후에도 결코 잊지 못할 분홍거리

이십 년 후에도 결코 잊지 못할 것이다
얼마나 애송이처럼 당황했는지
그의 자랑을 끝까지 들어줄 수도 있었는데
잘 했어 잘 했어
등 두드려주고 박수치며 칭찬해줄 수도 있었는데

얼마나 비겁했는지
얼마나 바닥이었는지

이십년 후에 다시 만나 말하겠지
그렇게 놀랄 필요 없었잖아
서둘러 그 골목 빠져나올 필요 없었잖아
애송이처럼 놀라기는
밤의 해변에도 밤의 수평선에도 밤하늘 별자리에도
분홍이 숨어 있는 것을, 애송이
분홍에 그렇게 겁먹을 필요는 없었잖아

골목에서 서둘러 빠져나오려 한 애송이가 나였을까
바다와 바닥을 모르는
애송이들의 침묵이 색바랜 분홍이었을까

폐선에서 쏟아져나온 썩은 합판들 난파하는 밤
분홍고래가 수평선을 넘어가는 골목이
잠시 나타났다 사라진다

가면무도회

초록가면인가 하면 검은가면, 노란가면인가 하면 붉은가면, 황금가면인가 하면 모래가면, 수시로 얼굴을 벗겨내고 새 얼굴 입는다 눈썹을 올리며 찡그리지만 순식간에 눈꼬리가 내려가며 다정한 얼굴로 바뀐다 어느새 숙련된 배우가 되었을까 화나도 웃고 슬퍼도 웃고, 정작 웃어야 할 때는 어떤 가면을 써야 하나 더 이상 가면 없는 얼굴을 기억할 수 없어, 막막 겹겹 창호지가 얼굴을 덮고, 숨이 막혀, 혼자 있는 시간에도 벗을 수 없어 아무리 떼어내려 해도 떨어지지 않는 가면의 저녁, 너덜너덜해진 가면의 심장, 천 개의 가면을 쓴 사회적 짐승, 얼굴을 가려야 드러나는 천 개의 숨은 본색

구구소한도

살얼음이 동치미 국물을 가두는 긴긴 밤, 어둠이 열두 폭 향기를 칭칭 동여매는 동지, 멀리서 전언이 온다 봄이 출발한다 바람이 고삐를 당기고, 먹으로 윤곽을 그린 꽃 창호지 팽팽하다 가파른 눈길 아홉 번 미끄러지고 아홉 번 엎어지는 얼음길 아홉 구비 돌고 돌아 봄이 온다 붓끝에서 하루 한 송이씩 붉게 피어나는 꽃들, 종이 위에 여든 한 송이 홍매가 채워지면, 강의 심장을 동여맨 얼음사슬 끊어지리라 강이 풀리리라 배가 나루에 닿으리라 수만의 꽃의 병사들 이끌고 우뚝 가시투성이 매화나무 도착하리라 열두 폭 병풍 펴고 절하며 맞으라 봄이 활짝 역병처럼 창궐하리라

명카수

조금만 더 가면 돼 조금만, 조금만, 더

진달래 핀 곳을 안다고 가자더니
다리가 아프도록 자갈길 걷고 걸어
항아리 같은 작은 돌무더기 앞에서, 나붓이
나비처럼 두 번 절하던,

이미자보다 더 이미자같이 노래하던
아이돌 가수,
추석콩쿨 무대에서 동백아가씨 불러
처녀들 여럿 울리더니

아직 봉오리인 진달래
돌무더기 앞에 내려놓고 울지도 않고 말했지
지난 겨울 죽은 동생 무덤이야

꽃도 말도 울음도 없이 돌아오는 자갈길,
발이 까져서 피가 나던 길,

멀고도 먼 길, 멀리
집이 보이는 곳까지 와서야 갑자기 무서워져
엄마, 부르며 울음 터지던 봄길

봄날의 슬픔을 처음 가르친 그는
전국노래자랑에도 복면가왕에도 나오지 않는
영원한 가수,

텔레비전 음악 프로그램에서
내가 듣는
순수와 무구로 각인된 순진과 무지의 날들
입이 큰 맹랑한 가수
꽃을 찾아 들길 걷던 입이 큰 봄날

얼마나 더 가면 그 시간에 닿을까

수수

멀리서 누가 수수 수수 거듭해 부르는 것 같아
굽은 수수밭둑에 서서
수수를 지나가는 바람소리 듣네

바람이 덜 여문 낟알들 툭툭 털어대는지
수수잎들 수수수 우수수수 흔들리고

수수 수수 이제는 없는 언니의 오래된 성적표에
쓰여있던 파란 잉크글씨처럼
하도 멀고 아득해
정말 한 때 잠시라도
이 세상 사람이었을까, 그립기보다 의심이 앞서는
사람 생각, 마른 수숫대처럼 꺾이네

낯선 국도변에 문득 차를 세우고 서 있는 나는
이 세상 사람인가,
바람에 떠돌며 바람소리 들으며
이 수수밭은 늦게까지 남은 내가 꾸는 긴 꿈

사람들 모두 떠나고 뒤처져 혼자 남은 누가
수수 수수 수수
내 목숨을 부르는 것 같아
바람이 수수밭 사이로 세상 근심을 모두 불러 모으네

수수 수수 손가락 사이로 빠져나가는 쭉정이
바람의 이삭 함부로 훑으며
북쪽을 향해
울부짖는 짐승으로 한때 나 우우 우우 살았네
어딘가 먼데 누군가 들으라고
달려와서 이 눈물 좀 닦으라고

뒷덜미를 낚아채는 바람이 휘젓는 수수의 저녁
수수 수수 흘러내리는 시름이
꺾이고 구부러진 수수밭둑, 립스틱 지워진
입술을 가린
흰 손수건에 잔기침 두엇 찍히네

마른 입술이 찍히네

지우고 또 지워도 빛 바랜 인주처럼 희미하게 남는
제 몫의 순수한 누추함 아직 남았으니
산 것이 견뎌야 하는 저 비린 수수

살아도 산 것이 아니고
내 것도 내 것이 아닌 수수 수수 수수

추석, 그 다정한 거짓말

사람들이 달아난다 트렁크에 담긴 달을 질질 끌고 달아
난다 모세가 제 민족을 끌고 출애굽하듯 서둘러 어디로
가는 걸까 죽은 사람들이 따라오지 못하는 곳은 어디일
까 죽은 사람을 피해 날아가는 머나 먼 비행기표는 몇 달
전에 매진되고, 붐비는 국제공항 출국장 검은 선글래스
들, 도도하고 단호한 목소리가 실시간으로 화면에 클로
즈업된다 지금이 어느 때인데 아직도 부엌이니, 위험해 어
서 달아나 자신에게서 달아나는 데조차 실패한 여자가 자
신의 굽은 생을 굽는다 삶고 지지고 볶고 뒤집는다 더 이
상 달아나고 싶지 않아 혼잣말처럼 달아날 곳 없는 위험
한 생이 한 상 가득 차려진다 구백아흔아홉 개의 접시가,
아직 태어나지 않은 입들을 기다린다 달아 달아 달아나는
달아 노래하는 동안, 언제 노 저어 왔을까 홍해가 갈라지
듯 문득 환해지는 달의 바다, 엄마가 만든 음식이 제일 맛
있어, 둥글고 다정한 거짓말이 닻을 내린다 헛구역질 쏟아
진다 입덧이다 절벽 위의 상상임신 환하다

은행나무

처음에 저 약속은 약손가락 굵기만 했다
나는 별똥별 반지를 끼워주겠다고 했다
바람의 바깥에 세계를 낳는 저 풍만
바람 속으로 세계를 불러 모으는 저 유쾌
바람 속에 피라미드를 세우고
새로운 약속으로 바람을 채우는 저 긍정
미래가 모래로 흘러내리도록 바람의 내부에
차가운 망각을 흩어뿌리는 저 대담
내가 세상을 떠도는 사이, 약속은 자라서
잎들이 안드로메다 성운에 닿고
뿌리가 블랙홀 입구까지 뻗어갔다
마침내 금환일식이 어울릴 만큼 거대하다
약속을 지켜야 할 때가 가까워지는데
목하 고민 중이다 반지를 어떻게 만드나
비 갠 오후 산허리에 걸린 무지개를 모은다
누가 무지개를 이어 반지를 만드는
보석상을 추천해준다면, 얼마나 좋을까!

에펠탑의 청년들

거인이 팔린다 이 도시의 모든 가게에서 거인이 팔린다 가
방에 부엌행주에 티셔츠에 초콜렛에 그림에 사진에 달라
붙어 팔려나간다 거인이 팔린다 전세계로 팔린다 철기시
대의 영웅이 팔린다 사람이 모이는 어디라 할 것 없이 거
인의 미니어처를 파는 청년들 동분서주 뛰어다닌다 거인
이 팔린다 철사줄에 꿴 조잡한 거인의 모형들, 허리에 차
고 팔에 들고 난전에 깔고, 난민인지 불법입국자인지 모를
유색청년들, 거인의 초라한 분신을 판다 위대한 거인이 헐
값에 팔린다 덤으로 청년들 미완성 시간이 끼워 팔린다

봄바람축구화

혹시, 저 모르시겠어요?
언제 뒤를 쫓아왔는지 말을 건다

턱에 수염 삐죽, 볼에 여드름 숭숭
분홍모자 삐딱 눌러 쓴 벚나무
가볍게 묶인 나비매듭의 끈이
바람축구화 위에서 팔랑거린다

우리 동네만 해도 삼백예순여섯 그루
온천천변에 천 그루
금정산에 만 그루
삼천대천세계의 벚나무라는 벚나무를
어떻게 일일이 다 안담

매점으로 달려가 볼펜과 종이 구해 온
벚나무, 땀 뻘뻘 흐르는
전화번호 건넨다
금정체육공원으로 응원 오셔요, 오늘

목련꽃팀 대항 친선축구경기 있어요
글쎄, 누가 물어봤냐구요

제 4 부

어린 딸의 머리를 땋으며

- 땋아줘, 딸이 고무줄을 들고 무릎 위에 답삭 앉는다 오늘은 그
냥 가, 출근은 이미 늦은데, 땋아줘, 지금 출발해도 지각인데

엄마, 오늘은 일찍 올 거지, 응
새끼손가락으로 머리카락을 걸어 올리고
가닥과 가닥을 교차시킨다
이렇게 보드랍게 반짝이는 것이
이 작은 몸에서 자라 나오는구나
이 가늘고 보드라운 것이 모여
튼튼하고 아름다운 밧줄이 되는구나
손끝에 머리를 맡기고 앉은
너 하나만으로도 이번 생은 흑자
전쟁은 잠시 잊어도 좋을까
약속해, 꼭, 일찍 온다고, 꼭꼭
물미역줄기처럼 흘러내리는
검은 머리칼 사이로 내미는
새끼손가락에 새끼손가락을 걸고
엄지와 엄지를 맞춰 손도장 찍으며
폭탄과 지뢰밭을 건너, 살아
돌아오리라, 겁 없이 맹세하는 아침

어쩌다, 거울

- 미숙한 채로 엄마가 되었어요 아이 덕분에 엄마도 조금씩 자라요 아이가 자라는 만큼, 엄마의 내면에 울고 있는 아이의 울음도 자라요 정수리 지나 뒤통수 가운데로 흘러내리는 하얀 길, 가르마가 내는 오솔길 뒷거울에 비춰보며 윤달의 아이가 울어요

엄마 엄마
자꾸 희미해지는 엄마

아침에 땋아준 머리가 풀어지는 오후에
무엇을 하며 지내나요

머리뿌리가 아프도록 꼭꼭 땋아주어도
그늘 한 점 없이
반짝이는
흰 이마가 톡 튀어 나오도록
리본을 묶어주어도

한나절이면
시름 섞인
잔 머리가 이마 위로 흘러내리는데

부엌주의보

예열된 가스오븐처럼 머리가 달아오르지만
잘 구운 빵이 되거나 칠면조 요리가 되지는 않아
지구의 자전이 계속되므로 창문을 열고
설탕에 절인 세상 밖으로 튕겨져 날아가지
냉장고 서랍이 명랑하게 토해낸 것은
시들시들 잎이 마른 실비아 플라스, 혹은
유효기간이 지난 말랑말랑한 죽음이지만
가스오븐에 머리를 넣지 않고는 만들 수 없는
레서피는 왜 봄날에 발랄하게 완성되는지
짧은 치마의 긴 다리 사이로 발랑 까진
계란 프라이가 경쾌하게 날아다니는 골목에서
향신료에 버무려진 소문들이 전송되고
연두빛 거짓희망 샐러드는 쑥쑥 싹트지
깨진 접시를 타고 달콤한 적막을 뚫고 날아와
소금사막에 불시착한 외계인처럼 외로워도
어느 단단한 공중에서든 살아만 있어줘
식탁의 기슭에 닻을 내리지 않은 여자들
삼각파도 건너간다 저마다의 가스오븐을 타고

끝나지 않는 파티

오리들이 불빛을 향해 모여들고
초대장보다 먼저 도착한 불청객, 나는
한 여름의 두꺼운 거위털 패딩코트처럼 앉아 있고
어쩐지 그래야 할 것 같아

샴페인이 터지고 건배사가 울려 퍼지고
긴 목을 잡고 부딪친 와인글래스에서
크리스탈 웃음소리가 흘러나오고
따라 소리내어 웃는 척하며 나도 흘러나오고
어쩐지 그래야 할 것 같아
예의바르게 목에서 꽥꽥, 꽥꽥 흘러나오고
아무도 갈 데까지 가지 않고

클래식 음악을 끼얹은 샐러드가 나오고
크림소스에 버무린 얼굴들이 차려지고
오른손에 쥔 포크로 파스타 한 줄 돌돌 감아
왼손에 숟가락을 받치고 입으로 가져가고
왼손에 포크를 쥐고 오른손에 나이프를 쥐고

큰 새우를 천천히 잘라 먹고
시간이 나를 잘라 먹을 때
어쩐지 그래 주었으면 좋을 것 같아

누가 남은 소스에 빵조각을 묻혀 머릿속을
하얗게 핥아먹는 것일까

사진 찍히는 것 싫어, 중얼거리며
어린 오리가 자리를 옮겨가고
차 안에서 조용필을 계속 들은 탓인가
이 시간을 조금은 남겨 가야 할 것 같아
단체사진 끝자리에 슬며시 끼어들어 가고
부리가 벌어지고 목젖이 드러나고
조건반사를 하는 내가 나는 싫어 싫어

오리들이 앞문으로 우루루 몰려나가고
날개는 누구의 옆구리에서 자라고 있는 것일까
뒤뚱거리며 뒷문으로 혼자 계단을 내려오고

어쩐지 그래야 할 것 같아
어쩐지 그래야 할 것 같아

눈까풀이 턱밑까지 밀려 내려오고
지직거리는 라디오 볼륨을 최대한 올리고
살고 싶어서, 단지 살고 싶어서
손바닥으로 얼굴을 때리고
어두운 밤하늘을 향해 두 눈 부릅뜨고
누구에게라 할 것 없이
어쩐지 그래서는 안 되는 것이었을까

첫사랑

첫잠 잔 누에가
작은 발들을 꼼지락 꼼지락 움직여
팔꿈치 안쪽
가장 보드라운 살 위를 살살
기어가는 것 같아
따끔거리기도 하고
간지럽기도 하고
둘 다 아닌 것 같기도 하고

칠백 년 전에서 온 편지

신이 버린 땅에 눈이 녹아요
게르에서 보낸 긴 겨울에도 봄이 올 거예요
산에 들에 키 작은 풀들이 올라오면
어머니와 조개 줍고 미역 따던 남쪽 바다가
더욱 그리워요

그래도 돌아갈 수 없어요
돌아가면 환향녀, 화냥년이라 한다지요

딸을 지키지 못하는 아비
아내를 지키지 못하는 지아비
누이를 지키지 못하는 오라비

힘없는 사람들, 지지리 못난 사람들이
그립고 그리워요
그립고 그리워 피눈물 나요
그래서 돌아갈 수 없어요

신이 버린 메마른 벌판이
젖과 꿀이 흐르는 땅이 될 때까지
천 년을 가꾸고 지켜야 해요

못 견디게 못 견디게
그리울 때는 말을 타고 달려요
박차를 가하며 지평선 끝까지 달리고 달려요
무지개 방향으로 달려요

벽걸이 선풍기

누가 저 말대가리를 벽에 걸어두었나
얼마나 먼 시간을 달려왔을까
박제된 욕망의 말대가리
벽을 통과한 전속력이 문득 멈춘다
몸통은 아직 벽을 통과하기 전
아직 도착하지 않은 벽 너머 보이지 않는
네 다리와 꼬리는
머리가 문득 멈춘 것을 알까
갈기를 휘날리며 달리던 그는
아무리 달려도 제 자리를 맴도는
경마장의 말처럼
어디에도 닿지 못하는 말대가리는
몸이 미처 따라오지 못한 것을 알까
머리가 멈춘 줄도 모르고
네 다리는 몸통과 머리를 앞질러
저 멀리 달려나간 것은 아닐까
채찍질을 하고 말발굽을 갈아끼운
고독한 독재자처럼

머리만 벽에 걸어둔 한 생애가
돌고 돌아 멈추었을까
태풍의 들끓던 심장 멈추고
생각에 잠긴 말의 눈 간신히 고요하다

문자메시지

감정을 전달하기 싫어서 만든 발명품
씹거나 씹히거나

말로 하면 너무 쉽게 들키지만
말로는 도무지 제대로 전달되지 않는 감정들

말은 오해 투성이 도구
입이 큰 짐승답게
감정을 삼켜버린다
말이 삼킨 감정은 입술 언저리에
흰 거품을 남기고
길어진 말의 한 귀퉁이는 언제나
오해를 향해 열린다

문자메시지가 온다
왜곡된 감정을 전달하기보다는 오히려
아무 감정도 보이지 않기 위해서
가장 자연스러운

포커페이스가 온다

구어체의 말 껍질을 뒤집어쓰고

이모티콘

새로운 감정이 도착한다
푸른 달빛의 골짜기에서 출발한 흰 표범,
뜨겁고, 뜨겁다 못해 서늘하고
캄캄하고, 캄캄하다 못해 투명한
이상한 동물이다

첫 기차를 타기 위해 일어나야 하지만
일어나고 싶지 않아, 침대 속으로 기어들어가
오 분만 더, 기꺼이 악몽에 시달리는 감정
꿈틀거리며 도착한다

사랑하지만 사랑할 수 없어
미워하는 것도 아니지만 밉지 않은 것도 아니어서
그립다는 말 못할수록 더욱 그리워
그립다는 말 결국 못하는 감정
긴 꼬리를 달고 배달된다

섬세하고 미묘한 감정들이 유통된다

카테고리가 나눠지는 감정들의 감정백화점

말 한 마디 하지 않고도
수십 수백 수천 가지 감정 얇게 저며서
전달할 수 있게 된다

이모티콘이 감정을 발명한다
희로애락애오욕을 분해하고 재결합하며
감정은 진화중,
어디까지 진화할지 알 수 없다

평면의 이차원 감정이
삼차원 공간을 입기 시작했으므로
조만간 시간과 결합된 사차원 감정이 출시될 것으로
추측되지만

수레국화의 식물성 지도가 그려내는
미래의 감정은 아직 상상되지 않았다

백 번째 우주

삶의 구할은 거절이다
수락을 기대했으나, 매몰찬 거절이
그의 몫이다
제안한 적 없는 거절이 수시로 도착한다
거절이 제안보다 먼저 오기도 하고

정말, 그럴 줄 몰랐으나
오래도록 비참을 견디며
길 위를 오가는 날들이 계속된다

비애는 일상
아무도 그의 앞에서 미안해하지 않지만
어떤 모욕도 그의 내부의
타고난 유머를 가져가지는 못한다

쓰디쓴 유머들은 저장되고
발효를 거쳐
에너지로 바뀌고

거절과 비참과 모욕을 건너는 동안
누적된 빅데이터의
딥러닝을 통해
그의 유머는 나날이 더 강해져

마침내
빅뱅, 카운트다운 중이다

머지않아 새로운 우주가 태어날 것이다
명랑하고 친절한 은하가
스스로 빛나는 철없고 어여쁜 별들을
밤하늘 가득 토해낼 것이다

중심 따위 없이도 자유롭게 별들은
제가 돌고 싶은 자리에서
어둡고 싶을 때 어둡고, 빛나고 싶을 때
빛날 것이다

인어의 택배상자 1

삼삼오오 꽃핀 복숭아나무들 모여서네 여름이 올 거야 안 사면 후회할 거야 새 옷으로 갈아입을 때가 왔어 세이렌의 목소리가 파도와 수평선을 끌고 오네 다가가면 사라질 거야, 그래도 끌려 마음이 끌려 고삐 풀린 카드는 기둥에 묶이지 않아 엄지 한 마디만큼 가슴이 볼록해진 풋복숭아가, 푸른 인어꼬리 옷을 주문하네 진주조개 브래지어를 주문하네 명심해 목소리를 다리와 바꾸어서는 안 돼 말이 사라지면 공기가 되는 거야 살아보기도 전에 사라지는 거야 늙은 복숭아나무의 잔소리 풋복숭아가 귀를 막네 복숭아과수원에 위성방송이 들어왔네

인어의 택배상자 2

상자 안에서 상반신 물고기 가면이 나오네 사람의 다리
물고기 얼굴 그리고 물음표. 변신주문은 어디에 쓰여 있을
까 포춘쿠키의 미완성 문장이 묻네 다시 벨이 울리고, 물
고기 상반신이 화들짝 놀라네 물큰한 복숭아 한 상자가
도착하다니 복사꽃도 미처 다 지지 않았는데 조개껍질로
가릴만큼 복숭아가 자라자면 스무 밤은 더 자야 할 텐데
이 복숭아는 왜 이렇게 멍들고 상처투성이일까 한 과수원
에 꽃피어도 제 몫의 칼날 위를 맨발로 걷는 나날들은 제
각각, 한 번도 세상의 바다를 떠돌아 본 적 없는 복숭아나
무 하반신에 피가 흐르네 주문한 대로 배달되지 않는 날
들 반복되네

쓴맛이 사는 맛*

통이 비었다 쓰지 않는다 생각했는데
이따금 큰 숟갈로 썼구나
시간이 없는데 식탁을 차려야 할 때
급한 불을 끄듯 설탕을 더한다

그때마다 요리를 망친다
손쉬운 달콤함에 기댄 대가다

마음이 허전하고 다급할 때
각설탕 껍질을 벗기듯
손쉬운 위로의 말을 찾는다

내가 나를 망치는 줄도 모르고
임시방편의 달콤함에 귀가 썩는 줄도 모르고

생의 시간을 털어가는 달콤한 약속들은
내 안이 텅 비어
무언가 기댈 것이 필요할 때

정확히 도착한다

내 안에 달콤함을 삼키는 블랙홀이 있다
주의하지 않으면
언젠가 생을 통째로 삼킬 것이다

* 경남 양산 서창 효암고등학교 앞 큰 돌에 새겨져 있다.

자위매뉴얼

스스로를 위로할 필요가 없으면 좋겠지만
정말 그럴 필요가 없으면 좋겠지만
어쩔 수 없이 그럴 때가 있어

혼잣말을 자신에게 속삭여야 하는 때가 있어
한숨처럼, 비명처럼, 신음처럼
혼자 자신을 위로해야 할 때가 있어

자신도 모르게 고이는 몸의 슬픔을
퍼내는 거니까
죄도 아니고 나쁜 짓도 아니지만
어쩐지 부끄러워
누구에게도 말할 수 없이 부끄러워
이 슬픔은
다른 일을 열심히 하면 수위가 낮아지기도 해
공부나 운동이나 일 같은 것
그래도 어쩔 수 없을 때가 있어

어쩔 수 없는 건 어쩔 수 없이
깨끗하고 조용한 나만의 공간을 찾아
이따금 슬픔을 마주보는 것
자신의 눈에만 자신을 보여준다면
아무 문제가 되지 않아

다만
나를 위로하는 동안 남을 아프게 하는 것은
절대로 금지
나를 나 자신으로 부터 지키는 슬픔의 자세가
남을 해치는 칼이어서는 안 되니까

혼자 밥 먹는 시간, 그 옆의 시간

풍향계

이 화살은 누구의 가슴을 겨냥하는지
바람이 불 때마다 과녁이 바뀐다
바람이 잠시 멈춘 어느 고요한 시절
화살촉이 서쪽을 향한다고 믿었을까
간절히 저 화살의 과녁이 되리라
날카로운 화살촉에 심장을 열어주리라
깊이 찔려 피 흘리며 죽도록 춤추리라
치명적인 사랑의 맹독 기꺼이 품으리라
위험한 철부지 환상도 있었을까
누구의 가슴에도 깊이 박히지 못하고
바람이 부는 대로 방향을 바꾸는 화살
어쩔 수 없는 수컷의 비애 모른 척
제자리를 맴돌다 다시 허공의 구멍을
찾아 체위를 바꾸는 바람의 눈먼 페니스

촛불잠수함

촛불사령관이 초대장을 보냈다
내가 잠수를 좋아하는 줄 어찌 알고 촛불잠수함의
내부로 초대하겠다고
반짝이는 눈이 맑은 잠망경중위 편에
어떤 답장을 들려 보내야 할까
덜컥 기쁜 마음으로 초대를 받아들여야 할까

아쉽게도 정중히 거절해야 하네
왜 불빛 가득한 사령관의 잠수함이 궁금하지 않을까마는
나는 이미 낡은 비애의 잠수함을 타고
깊이 잠수중이므로, 대신 부탁하네

수평선을 밀어 오는 파도의 흰 불빛 포말을
활처럼 둥글게 휜 황금불빛 모래 해안선을
시간의 하얀 절벽 위 활짝 핀 붉은 꽃불을 보여줘
사십 명 분의 슬픔 울컥울컥 북적거리는
십오 평 마음을 해바라기빛으로 채워줘

나의 바다는 지루한 휴전이 계속 중이네
사람들은 저마다 치러야 할 제 몫의 산전수전이 있고
저마다 지켜야 할 난파선의 사금파리가 있다네

이따금 물 위로 올라가지만
대부분의 시간을 깊이 잠수하며 지내는
내가 하는 일은 슬픔의 부력을 꾹꾹 눌러서
더 이상 위험한 수면으로 떠오르지 못하게 하는 일
고요하고 어두운 슬픔의 심해를 바라보다가
울어대는 슬픔의 지느러미를 잡아 내 안에 가두는 일

슬픔의 유선형 몸은 미끄럽게 빠져나가고
순식간에 램프를 빠져나온
거대한 슬픔의 거인이 던져놓은
슬픔의 그물에 더 자주 내가 갇히지만

언제 끝날지 모르는 길고 긴 휴전 중인 나는
층층이 아주 좁은 침대에 슬픔의 굳은 총신을 재우고

자장자장 우리 아기 자장자장 자장자장
어린 슬픔의 계급장에게 자장가를 불러주네
잠든 슬픔의 얇은 탄피같은 눈까풀을 쓸어주며
악몽으로부터 슬픔의 부사관의 잠을 지키네
슬픔은 나의 애인, 슬픔은 나의 적

이렇게 오래 슬픔과의 전쟁이 끝나지 않을 줄 몰랐어

초대해 줘서 고마워, 촛불을 불어 끈다
촛불사령관이 데려온 어린 빛의 군대가 조용히 잠수를 시
작한다
빛의 군대가 다녀간 자리 눈물자국이 굳어 있다

희망

어제는 많은 사람들을 만났다
사람 때문에 마음 상하지 않았다
심지어 즐거웠다

심지어 사람들이 좋았다
오늘은 사람들을 만나지 않는다

사람은 좋은 것이라는 이 드문 기분
잘 간직해서
일주일 쯤 나눠 써야지

사람은 좋은 것이다
함께 있으면 즐거운 것이다
세뇌될 때까지 주문처럼 외워야지

어제 하루를
한 달 쯤 나눠 써야 할지 몰라
일 년 쯤 쪼개 써야 할지 몰라

한 번 만나 일생 그 기억

아껴 써가며 살아도

기쁜, 좋은 사람도 있을 것이다

키스마크

꽃피는 스무 살이 다시 온다면
물방울원피스 입고 면회 가고 싶어
꽃봉오리 부푸는 벚나무터널 아래
제복의 연두빛 청년을 만나
아직 처녀인 가늘고 긴 목에,
첫 입술자국 받아 찍을 수 있을까
철없이 쇄골은 수줍어 눈부시고
입술과 몸은 떨고 있지만
문을 열기에는 너무 이른 계절
몸보다 그리움이 더 애틋해
바다의 심장이 다녀간 검푸른 자리
서툴고 풋풋한 청춘의 멍 자국
리본처럼 하얀 손수건 둘러 감추고
아무도 모르게 머나먼 스무 살
분홍의 국경선 다녀갈 수 있을까

불량 벽돌 성장기

황정산(시인, 문학평론가)

1. 들어가며

아주 오래 전에 미국의 록그룹 핑크플로이드는 〈The wall〉이라는 뮤직비디오를 발표해서 세상에 충격을 주었다. 특히 학생들을 벽돌로 바꾸어 찍어내는 장면으로 교육제도의 문제를 지적한 부분은 당시의 젊은이들에게 큰 공감과 반향을 불러일으켰다. 학교교육이란 자본주의 사회를 공고하게 유지하기 위한 노동자와 소비자를 벽돌처럼 균일하게 만드는 일이고 그러기 위해 규율과 통제를 강제하는 억압과 폭력이 이 사회를 지배하고 있다는 주제를 이 작품은 담고 있다. 그리고 더 무서운 것은 이러한 벽돌들이 스스로 감옥을 만드는 벽을 형성한다는 것이다. 여기에 저항하는 방법은 이러한 제도를 거부하는 불량 벽돌이 되는 길이다. 60년대부터 시작된 히피 등의 반문화는 바로 이렇게 불량 벽돌되기 운동이라고 할 수 있다.

하지만 30여 년이 지난 지금의 현실은 이와는 다르다. 아이들을 벽돌로 만드는 제도 교육은 여전 하지만 이렇게 만들어진 벽돌들은 쓸모가 마땅하지 않다. 집중된 자본과 그것에 의한 생산자동화 정보통신기기의 발전이 벽돌들의 쓸모를 없애버린 것이다. 그러므로 지금의 젊은 세대들은 태어날 때부터 애초에 불량 벽돌이고 쓸모없는 벽돌이다. 소수의 '금수저'들만이 자신들의 벽을 쌓고 그들만의 세상을 만들고 있다. 그리고 이러한 벽은 도저히 뛰어넘을 수 없어 이제 젊은이들은 '넘사벽'(넘을 수 없는 4차원의 벽)이라는 신조어까지 만들어내고 있다.

최정란 시인의 이번 시집의 시들은 바로 이러한 불량 벽돌들의 성장기이다. 시인 자신의 성장기이기도 하고 또한 요즘 젊은이들의 성장기이기도 하다. 시인이 어린 날 겪었을 성장담과 요즘 청소년들이 겪어야 할 방황의 시차가 한 권의 시집에서 동시에 이루어지고 있다. 그것이 주제를 확장하고 심화시킨다.

2. 정체성의 혼란

성장하여 사회인이 되어가는 과정은 사회 속에서 자신의

182

정체성을 확립해가는 과정이기도 하다. 하지만 자신이 원하는 자아와 사회가 요구하는 자아가 다를 때 한 개인은 정체성의 혼란을 겪게 된다. 더욱이 자신이 원하는 자아마저 누군가에 의해 만들어지고 조정되는 자아일 수밖에 없는 현대 사회에서 아직 미성숙한 한 개체는 극심한 혼란을 경험할 수밖에 없다.

나를 고르는 문제에서 나는 탈락한다
나보다 더 나 같은 염소의 꽃잎
나보다 더 나 같은 구름의 뿔
나보다 더 나 같은 장미의 꼬리 틈에서
나는 어떻게 나를 증명할 수 있을까

발굽의 춤으로, 허리의 노래로
바람 마이크를 잡은 손으로
나를 묶은 고삐로
나는 나를 어떻게 증명할 수 있을까

(중략)

빈 깡통을 걷어차듯 허공을 걷어차는
발목은 내가 아니라는 것도 모른 채

어느 골목을 활보하며

도대체 누구를 증명하고 있는 것일까

- 「신분증」 부분

내가 나를 증명하려면 나는 무엇이 되어야 한다. 학생이거
나 회사원이거나 공무원이거나 나를 증명할 어떤 지위를 확
보해야 한다. 하지만 그것은 모두 어려운 시험을 통과해야
하고 그 과정에서 많은 다수들이 탈락해야 한다. 사실 위 시
의 화자들은 "염소의 꽃잎"과 "장미의 꼬리", "구름의 뿌리"
와 같은 아름다운 개성을 가지고 있고 또 춤과 노래를 하고
싶은 꿈 많은 청소년들이다. 하지만 이것들은 자신을 증명
하지 못한다. 아니 그 증명을 얻기 위한 길에 방해만 될 뿐이
다. 증명을 얻기 위해서는 어려운 문제를 풀어야만 한다. 하
지만 그럴 수 없어 길을 잃은 청춘들은 "골목을 활보"하지
만 걷는 발목마저 내가 아니라는 사실을 모를 만큼 스스로
의 정체성을 망각하고 만다. 이렇듯 오늘도 많은 젊은이들
이 자신을 증명할 사회적 증표 하나 갖지 못하고 길거리에
서 방황하거나 캄캄한 골방에 들어가 박혀 있다.

그런 청춘들에게 사랑이나 결혼마저 쉽게 허락되지 않는다.

꽃이 그리는

포물선이 끝나는 자리가 비어 있네

그 꽃다발, 내가 받겠다고
아무도 선뜻 나서지 않아

(중략)

담담하고 쓸쓸하게
주인 없는 꽃다발이 말라가고

테이프를 허리에 감은 채
안간힘을 다해 벽에 바싹 매달려

- 「결혼식 부케」 부분

결혼식장에서 부케를 받지 못하는 이유는 결혼에 대한 희
망도 가능성도 사라졌기 때문이다. 결혼이라는 안정된 틀이
없는 상황에서 이제 청춘들은 쉽게 사랑마저 할 수 없다. 최
소한 행복과 사랑이라는 약속으로 젊은이들의 가슴을 따뜻
하게 만들어줄 결혼식 꽃다발은 그저 말라갈 뿐이다. 이제
는 부부이거나 부모로서 즉 한 가족의 일원으로서의 정체성
을 획득하기도 쉽지 않게 된 것이다. 아버지나 어머니가 되
어 그들의 아버지와 어머니들의 삶의 전철을 밟아 성숙한

사회인이 되어갈 자연스러운 길마저 상실하고 만 것이다.

이런 정체성 상실의 청춘들을 시인은 자신의 이야기를 들
어 위로한다.

대문이 꼼짝도 않아
알파벳과 숫자의 조합을 누르지만 안 움직여

(중략)

바른 골목 바른 문이라면
힘 빼고 부드럽게
열려라 참깨, 속삭이기만 해도 열릴 것을

서 있는 자리가
틀린 골목 틀린 문 앞일 수 있다는 것을
의심해볼 생각을 왜 안 했을까

젖 먹던 힘까지 용을 쓰며
다른 골목에서 다른 대문의 비밀번호를
누르고 있는 삶이 있다

－「영희네 집」부분

시인은 제도교육을 통해 잘 만들어진 벽돌이 되어 정해진 룰에 따라 정해진 위치를 부여받고 살아왔다. 그런 점에서 요즘 젊은이들에 비해 행복한 것인지도 모른다. 하지만 그런 삶이 결코 지금의 행복을 보장해주는 것이 아님을 시인은 말하고 있다. 내 앞에 서 있는 문이 내가 간절히 바라고 또 나에게 어울리는 문이 아닐 수 있음을 시인은 늦게 깨달은 것이다. 이제까지의 삶은 주어진 대문 앞에서 문이 열리기를 기다리지만 끝까지 열리지 않는 문임을 자각하는 과정이었을 뿐이라는 것이다. 방황과 의심이 없는 삶이 진정한 내 길을 찾을 수 없게 한다는 사실을 시인은 이렇게 표현하고 있다. 그런 점에서 요즘 젊은이들의 방황과 정체성 상실은 결코 부정적인 것만은 아니라고 할 수 있다. 그것은 또 하나의 길을 찾는 강력한 추동력이 되기 때문이다.

그리고 정체성 상실의 문제는 개인의 자질과 능력 문제가 아니라 사회적인 문제이고 어떻게 보면 현대 사회의 뿌리에 잠재해 있는 근본적인 조건이기도 하다. 다음 시가 이를 잘 보여준다.

초록가면인가 하면 검은가면, 노란가면인가 하면 붉은가면, 황금가면인가 하면 모래가면, 수시로 얼굴을 벗겨내고 새 얼굴 입는다 눈썹을 올리며 찡그리지만 순식간에 눈꼬리가 내려가며 다정한 얼굴로 바뀐다 어느새 숙련된 배우가 되었을까 화나도 웃고 슬퍼도 웃고, 정작 웃어야 할 때는 어떤 가면을 써야 하나 더 이상 가면 없는 얼굴을 기억할 수 없어, 막막 겹겹 창호지가 얼굴을 덮고, 숨이 막혀, 혼자 있는 시간에도 벗을 수 없어 아무리 떼어내려 해도 떨어지지 않는 가면의 저녁, 너덜너덜해진 가면의 심장, 천 개의 가면을 쓴 사회적 짐승, 얼굴을 가려야 드러나는 천 개의 숨은 본색

- 「가면무도회」 전문

우리는 모두 가면을 쓰고 사람들을 대한다. 가정에서이건 직장에서이건 아니면 동호회 모임에서건 나는 조건과 관계에 맞는 가면을 준비하고 그것을 쓰고 나가야 한다. 그런 점에서 보면 우리는 모두 나를 잃고 살고 있다. 예를 들어 내가 한 회사에 다니는 직장인이지만 그 직장인인 나는 결코 진정한 '나'가 아니다. 내가 가진 모든 증명과 정체성이 나를 증명하고 확인해주지만 그것이 나라고 말할 수 있는 근거는 그 어디에도 없다. 이런 사회 속에서 정체성을 갖기 위해 사회에 진입하고 성실한 직장인이 된다는 것은 어쩌면 스스로를 속이는 일을 스스로 선택하는 일인지도 모른다. 그런 점에서 지금 젊은이들이 겪는 방황은 훨씬 근본적인 지점에서 진정한 나를 사유하게 만든다.

3. 환상과 절망 사이

누구나 꿈을 꾼다. 그리고 젊음이 아름다운 이유는 그 꿈이 있고 그 꿈을 실천할 에너지를 가지고 있기 때문이다. 하지만 현대를 사는 젊은이들에게 이런 꿈은 단지 환상으로만 존재한다.

한 겹 껍질로 덮힌 하루를 내려놓는다
또 하루를 춤추었다 나의 춤은 모노드라마
춤추며 친절하게 인사하는 배역은 나를 따를 배우가 없어

(중략)

누가 보이지 않는 분홍신을 신겼을까
해가 뜨면 산정으로 밀어올려야 하는
무거운 공기의 춤, 시시포스의 바위처럼
멈출 수 없는 바람의 노동을 가르쳤을까
잊을 만하면 생겨나는 허공의 싱크홀
어찌 할 수 없는 춤의 가설무대를 펼치는 거리의 삶을
한없이 얇아진 풍선인형의 고독을

- 「댄싱 퀸」 부분

위 시의 "풍선인형"은 광고용으로 길가에 내놓은 춤추는 풍선인형이기도 하지만 새로 개업한 마트나 통닭집 앞에서 하루 종일 벗은 몸으로 춤을 춰야 하는 소녀들의 모습을 말해주는 것이기도 하다. 이들에게는 삶이 모두 허상이다. 아바의 댄싱 퀸이라는 노래를 틀어놓고 열심히 춤을 추지만 그들의 삶에 왕비란 있을 수 없다. 단지 하찮은 노동의 대가와 자기 것이 아닌 허망한 몸짓만 있을 뿐이다.

젊음의 꿈이 이러한 환상으로만 생각될 수 있다면 그것은 절망적인 상황일 수밖에 없다.

그릇의 크기를 모른다는 것은 얼마나 큰 기쁨일까

내일이면 더 많은 것을 담을 수 있단다
아버지의 흰머리가 늘어가는 동안
엄마는 초콜렛상자를 건네주듯
모자상자를 건네주었어
텅 빈 둥근 상자는 모서리가 없어
깨지기 쉬운 희망을 담기에 충분히 커다랬어

(중략)

찢어진 청바지를 입고

혼자 슬픈 영화를 보았어, 라고 말하는 대신

뉴욕과 파리의 뒷골목을 헤맸어, 라고 말하고 싶지만

숨어 울기에 영화관이 좋았어

달의 중절모를 꺼내놓은 자리

내 둥근 상자 안에 가득한 잡동사니들로

달의 파편을 맞추는 퍼즐 놀이

남의 희망은 아무리 훔쳐도 내 것이 되지 않아

슬픈 그릇은 나를 길 잃게 하지

마침내 나는 길 잃는 전문가가 되기로 했어

- 「달의 꿈은 알파걸」 부분

　모든 것에 뛰어난 알파걸이 되기를 원하는 부모의 희망의
대상이었던 자신이 어떻게 "길 잃는 전문가"라는 절망의 주
체가 되어가는지를 잘 보여주고 있는 작품이다. 미국이나
프랑스 유학생의 꿈은 "뉴욕과 파리의 뒷골목"을 헤매는 것
도 아니고, 슬픈 영화 속의 환상으로만 존재하고, 희망을 꿈
꾸는 것은 "달의 파편을 맞추는 퍼즐 놀이"에 불과하다고 말
한다. 달의 파편을 맞추는 놀이는 허망하고 절망스러운 일
이다. 달로 표현된 꿈의 세계는 사라지고 없고 그것의 파편

을 놓고 벌이는 이루어지기 힘든 일이거나 의미 없는 놀이가 된다. 어쩌면 지금의 청소년들이 빠져드는 게임도 이와 무관하지 않다. 환상의 세계를 현실로 옮기지 못할 때 허망한 놀이에 빠져든다. 그것은 절망의 다른 이름이다.

이러한 절망은 다음 시에서 좀 더 분명한 이미지로 나타난다.

이십사 시간 햄버거 사진이
바삭바삭한 감자튀김이
검은 립스틱 묻은 종이컵이
구겨진 종이냅킨이
고개 꺾인 플라스틱 빨대가
많이 그리울 거야

아침이 오면 어린 알바생이 발견하겠지
플라스틱 의자에 쭈그리고 앉은 종이인형
부피라고는 없는 가볍고 마른 인생
오지 않는 기차를 기다리며
시간을 탕진하는 것으로
이 지루한 별에 다녀간 것을 증명하는

나의 맥도날드는 여전히 미완성

-「불란서인형」부분

외교부에 근무했던 경력을 가졌으나 아무런 직업도 거처도 없이 맥도날드를 전전하며 노년을 보낸 맥도날드 할머니를 모델로 한 작품이라 생각된다. 그녀의 꿈은 맥도날드로 상징되는 어떤 한 문화 속에서 사는 일이다. 거기에는 뉴욕의 세련됨과 헐리우드의 화려함이 존재한다. 하지만 현실은 그것과는 너무도 멀리 동떨어져 있다. 맥도날드 할머니는 그것을 받아들이지 못해 환상 속에 자신을 위치시킨다. 절망을 "여전히 미완성"으로 유예시킬 수 있기 때문이다.

하지만 이러한 절망은 맥도날드 할머니에게만 존재하는 것은 아니다. 우리 모두의 삶 속에 이 절망이 존재한다. 모두가 좌절된 욕망을 안고 살고 있기 때문이고 우리가 살아가는 모든 일상의 삶은 행복과 쾌락을 가장하여 이 좌절된 욕망을 숨기고 사는 절망의 연속이기 때문이다. 단지 그것을 끝없이 유예하며 살 뿐이다. 그것을 다음 시는 다음과 같이 상징적으로 표현하고 있다.

칼을 들고 달려 나왔으나

193

첫 장면에서 살해되는 엑스트라 병사
운이 좋으면
시장통을 지나가는 행인 3

최선을 다해 장렬하게 죽고
최선을 다해 간절하게 투명하게 시장을 스쳐 지나가지만
아무도 기억하지 못하는 명배우답게

헐떡이지 않고 한 걸음씩
초록눈의 용눈이 오름, 둥글고 완만한 능선을 오른다

오늘의 달인, 순간의 달인답게, 깊이

- 「오름의 달인」 부분

오름은 오르가즘을 완곡하게 표현한 비유일 것이다. 오르
가즘으로 상징되는 삶의 가장 화려함은 현실에서 잘 오지
않는다. 그래서 시인은 그것을 가장하고 연기하면서 지내고
있다. 쾌락은 끊임없이 연기되고 그것이 주는 욕망의 충족은
다만 허망한 배우의 몸짓으로만 표현된다. 이러한 환상만이
절망을 덮어서 우리를 견디게 하고 있다.

4. 그래도 희망

　어쩌면 젊은이들이 절망의 구렁텅이에서 벗어나지 못한 것은 아직 절망의 현실을 감추는 연극을 배우지 못하기 때문이라 할 수 있다. 그런 점에서 볼 때 절망할 수 있는 에너지와 절망을 정직하게 받아들일 수 있는 힘에서 새로운 희망을 생각하게 한다. 현실의 거부에서 새로운 미래가 온다. 즉 거부할 수 있는 힘이 희망을 만들어낸다.

　왕자가 결혼해 달래요 오늘은 교통사고로 삼 개월 입원한 토후국 왕자가 퇴원하는 날, 왕자의 두 명의 아내가 퇴원수속을 밟고 있어요 허락하면 나는 왕자의 세 번째 아내가 될 거예요 그렇지만 나는 누구의 아내도 되고 싶지 않아요 두 번 째 아내도 첫 번 째 아내도 유일한 아내도 되고 싶지 않아요 이 삶에서 나는 아내 따위 되지 않아요 왕자의 엉덩이에 마지막 주사를 놓아요 가능한 아프게, 마지막 인사를 해요 왕자가 몇 번이고 돌아보며 손을 흔들어요 사랑하는 언니, 누군가의 아내로 사는 것을 꿈꾸어도 흉이 되지 않는 동화같은 시절도 있었다지요

　　　　　　　　　　　　　　　　　　－「아부다비에서 온 편지 2」 전문

　시적 화자는 동화를 거부한다. 왕자가 와서 결혼해달라는 꿈같은 환상을 애초에 믿지 않는다. 그것은 기껏해야 남

자에 종속되는 "첫 번째, 두 번째, 세 번째 아내"가 되는 것에 불과하기 때문이다. 시적 화자는 무엇이 환상을 만들고 또 어떤 환상들이 우리를 절망에 빠뜨리는지를 깨닫고 있다. 환상을 통한 현실 지우기가 끊임없이 우리를 더 큰 절망의 늪 속에 몰아넣고 있다는 것을 잘 알고 있다. 절망을 벗어나는 길은 절망스러운 현실을 있는 그대로 알아가는 길이고 그것을 마주할 담력을 기르는 길이다. 시적 화자는 왕자의 엉덩이에 주사 놓는 행위를 통해 그러한 담력을 실험하고 있다. 또한 희망은 사랑과 연대에서 온다.

> 쓸, 데 없는 말은 참 쓸쓸해
> 사다리도 없이 소녀들이 하늘로 올라가고
> 허리를 두 번 접어 올려도 치마는
> 여전히 길어, 손가락은 언제 자라나
>
> 함께여서 외롭다고 왜 아무도
> 가르쳐 주지 않을까
>
> - 「가젤학교」 부분

　지금의 청소년들은 포식자에 쫓기는 가젤 무리처럼 산다고 해도 과언은 아니다. 제도와 사회적 폭력과 약육강식의 폭력적 또래 집단이 그들을 가젤로 만들었다. 가젤은 떼를 지어 살지만 결국 잡아먹힐 때는 혼자이다. 연대가 힘을 만들지 못하고 뿔뿔이 개인이 되어 쫓긴다. "함께여서 외롭다"는 말은 바로 그런 의미일 것이다. 하지만 그럼에도 불구하고 약한 자들은 서로를 사랑해야 한다. 사랑만이 절망에서 우리를 구원하기 때문이다.

그동안 나답게 살지 못했다는 말이군
나야말로 나답지 못하게 살고 있는데
웃다말고 입술이 일그러져야 할까

남극기지를 세운 기념으로
교환학생 펭귄이
온대마을 기숙사에 도착했을 때
룸메이트였던 나는
극세사 이불 세트를 펭귄의 침대에 깔아주었다

가나다라마바사 아자차카타파하
아야어여오요우유으이
어학공부도 곧잘 하는가 싶더니
더듬거리는 말로 어느 날부터
스마트폰 부품조립 알바를 시작하더니

―「펭귄표 지우개」부분

신이 버린 땅에 눈이 녹아요
게르에서 보낸 긴 겨울에도 봄이 올 거예요
산에 들에 키 작은 풀들이 올라오면
어머니와 조개 줍고 미역 따던 남쪽 바다가
더욱 그리워요

그래도 돌아갈 수 없어요
돌아가면 환향녀, 화냥년이라 한다지요
- 「칠백 년 전에서 온 편지」 부분

　시인은 사랑과 연대를 시간과 공간의 확장을 통해 강화
한다. 아르바이트를 목적으로 오는 외국인 유학생의 팍팍
한 삶과 몽골 초원에서 느낀 칠백 년 전의 공녀들의 삶을
떠올리며 우리의 절망이 이 땅 지금 여기에만 국한된 것이
아니라 시공을 초월하여 함께 존재해왔음을 말해주고 있
다. 이럴 때 우리는 절망하는 혼자가 아니라 서로를 품어
야 할 연대의 대상이 된다. 내가 지금 몽골 초원에서 칠백
년 전의 공녀들의 가혹한 삶을 떠올릴 수 있다면, 이 땅
에 팔려온 외국인 노동자나 아르바이트를 위해 대학에 위
장 입학한 외국인 유학생들의 팍팍한 삶을 내 삶으로 껴

안을 수 있게 된다. 그 사랑만이 사람들의 절망을 다스릴
수 있다.

사슴가죽 신발을 신은 목발이

찢어진 허공을 짚고 가네

피흘리는 허공을 딛고 가네

구름에 사슴 발자국이 찍히네

무더기 무더기 핏자국이 꽃피네

꽃무늬구름사슴아 구름무늬꽃사슴아

불러도 대답 없는 꽃들아

절름거리는 나무의 뿔들아

이 발로 이 뿔로 너에게 가네

절며 끌며 너에게 가네

발꿈치가 땅에 닿지 않는 봄

또각또각 추를 흔들며 울고 가는

엇박자의 시간 속으로

뼈가 부러진 꽃들이 떨어지네

깁스 속에 가둔 순결한 발이

진흙도 모래도 아스팔트도

때 묻은 땅이라고는 모르는 것처럼

최초의 구름 위를 걸어가네

- 「사슴목발」 전문

우리는 다 불구를 안고 태어났다. 사람들은 정상과 비정상을 가르고 정상인과 장애인을 구분하지만 우리는 모두 다 어딘가 조금 혹은 많이 부족한 사람들이다. 그렇기에 우리 모두는 목발이 필요하다. 하지만 그 목발이 아름다울 수 있는 이유는 "절며 끌며 너에게" 가기 때문이다. 목발이 "꽃무늬구름사슴"이나 "구름무늬꽃사슴"의 발이 될 수 있는 이유가 바로 여기에 있다. 절름거리는 절망 속에서 엇박자의 희망을 향해 가는 시인의 발이 간절하고 아름답다.

최정란

경북 상주 출생. 계명대학교 영어영문학과 졸업, 동대학원 문예창작학
과 수료. 2003년 〈국제신문〉 신춘문예로 등단하였으며, 시집으로 『여
우장갑』, 『입술거울』이 있다. cjr105@hanmail.net

사슴목발 애인

초판 1쇄 발행 2016년 9월 27일

지은이 최정란
펴낸이 강수걸
편집장 권경옥
편집 윤은미 정선재
디자인 권문경 구혜림
펴낸곳 산지니
등록 2005년 2월 7일 제14-49호
주소 부산광역시 연제구 법원남로15번길 26 위너스빌딩 203호
전화 051-504-7070 | 팩스 051-507-7543
홈페이지 www.sanzinibook.com
전자우편 sanzini@sanzinibook.com
블로그 http://sanzinibook.tistory.com

©최정란
ISBN 978-89-6545-358-375-8 03810

* 이 도서의 국립중앙도서관 출판예정도서목록(CIP)은 서지정보유통지원시스템
홈페이지(http://seoji.nl.go.kr)와 국가자료공동목록시스템(http://www.nl.go.kr/
kolisnet)에서 이용하실 수 있습니다. (CIP 제어번호: 2016022743)
* 본 도서는 2016년 한국문화예술위원회, 부산광역시, 부산문화재단
지역문화예술특성화지원사업으로 지원을 받았습니다.